August Frohne

Der Begriff der Eigentümlichkeit oder Individualität bei Schleiermacher

August Frohne

Der Begriff der Eigentümlichkeit oder Individualität bei Schleiermacher

ISBN/EAN: 9783743611009

Hergestellt in Europa, USA, Kanada, Australien, Japan

Cover: Foto ©Andreas Hilbeck / pixelio.de

Manufactured and distributed by brebook publishing software (www.brebook.com)

August Frohne

Der Begriff der Eigentümlichkeit oder Individualität bei Schleiermacher

DER BEGRIFF
DER EIGENTÜMLICHKEIT ODER INDIVIDUALITÄT

BEI

SCHLEIERMACHER

VON

DR. A. FROHNE.

HALLE,
MAX NIEMEYER.
1884.

Vorwort.

Die nachstehende Abhandlung will einen Beitrag zum Verständnis der Philosophie Schleiermachers liefern. Sie hat zum Gegenstande die Entwicklung eines Begriffes, der trotz seiner Wichtigkeit für das System dieses Denkers in den zahlreichen Darstellungen über dasselbe meines Wissens noch keine spezielle monographische Behandlung gefunden hat. Allerdings wird ihm überall die gebührende Berücksichtigung zu Teil, Wesen und Anwendung desselben werden vielfach besprochen; doch nur gelegentlich und mit Beziehung auf seine Verwendung in der Ethik und der Religionsphilosophie. Zu einer zusammenhängenden systematischen Darstellung des Begriffes kommt es nirgend. Eine solche vermisste ich daher, als ich vor einiger Zeit die Bedeutung der Eigentümlichkeit für die Ethik und die Religionsphilosophie Schleiermachers zu untersuchen mich veranlasst sah. Es war mir nämlich Bedürfnis, zuerst die Frage: Was versteht Schleiermacher unter Eigentümlichkeit? zu beantworten, ehe ich die Verwertung des Begriffes in jenen beiden Wissenschaften einer Beurteilung unterzog. So ist dieses Schriftchen entstanden.

Zu der in den Noten zitierten Literatur habe ich noch folgendes nachzutragen. Eben nach vollendetem Drucke ist in dem Zillerschen Jahrbuch des Vereins für wissensch. Pädag. [Leipzig 1884, Bd. XVI] ein Aufsatz von G. von Rohden,

Darstellung und Beurteilung der Pädagogik Schleiermachers betitelt, erschienen. Verfasser bespricht dort auf S. 165—170 das Princip der Eigentümlichkeit ausschliesslich nach der Ausführung auf S. 498 ff. der von Platz edierten Erziehungslehre Schleiermachers. Denn „gerade in diesem Abschnitt sei der Individualitätsbegriff am besten entwickelt"; dagegen „die Psychologie, von der man am ersten eine wissenschaftliche Begründung des Individualitätsbegriffes erwarten sollte, ergebe sich nur in vagen Bestimmungen über den Exponenten des zeitlichen Verlaufes und das Verhältnis der Seele zur Organisation und in ausführlicher Beschreibung der Temperamente.

Diese Ansicht dürfte sich gegenüber dem thatsächlichen Inhalt der Psychologie kaum halten lassen. Ich sehe vielmehr jenen Abschnitt in der Erziehungslehre lediglich als eine kurze Zusammenfassung der in der Psychologie ausführlich entwickelten und begründeten Lehren an.

Als literarisch beachtenswert nenne ich noch zwei Abhandlungen Sigwarts (Kleine Schriften I. und II. Bd.), die eine über die Verschiedenheit der Individualitäten, die andere ein Vortrag über Schleiermacher.

Schliesslich sei es mir gestattet, dem Herrn Professor Dr. Vaihinger zu Halle auch an dieser Stelle meinen Dank für das meiner Arbeit entgegengebrachte Interesse und die mir gütigst erteilten Ratschläge auszusprechen.

Berlin im Oktober 1884.

Der Verfasser.

Inhalt.

Einleitung.   Seite
  Allgemeine Bedeutung des Begriffes der Eigentümlichkeit
    1. für Schleiermachers Person,
    2. für seine Philosophie (im Gegensatz zur Zeitphilosophie).   7
I. Die Definition des Begriffes der Eigentümlichkeit.
    1. Der Begriff an sich,
    2. sein Verhältnis zu anderen ihm verwandten resp. entgegengesetzten Begriffen. 21
II. Die erklärende Theorie des Begriffes der Eigentümlichkeit.
  A. Metaphysische Erklärungen.
    1. Die Eigentümlichkeit als Teil des Unendlichen,
    2. die Eigentümlichkeit als freie That des Menschen. . . 26
  B. Psychologische Erklärung.
    1. Der Inhalt der Eigentümlichkeit.
      a) Der Inhalt als fertiger, ruhender besteht
        aa) elementar
          α) in dem Verhältnis der einzelnen Seelenfunktionen zu einander (Talent),
          β) in dem Verhältnis derselben zu ihrem Gesamtgebiet (Neigung);
        bb) konstruktiv
          α) in den Temperamenten,
          β) in den Wertdifferenzen (heroisch, genial). . . 40
      b) Der Inhalt als gewordener entsteht aus dem Organischen heraus und entwickelt sich
        aa) natürlich,
        bb) künstlich (Kultur, Erziehung). 49
    2. Die Form der Eigentümlichkeit (das Bewusstsein).
      a) Die Form als fertige besteht
        aa) real in der harmonischen Vereinigung von Selbst- und Gattungs- resp. Gesamtbewusstsein:
          α) Gattungs-, resp. Gesamt- nicht ohne Selbstbewusstsein,

	Seite
β) Selbst- nicht ohne Gattungs- resp. Gesamtbewusstsein,	
bb) und ist nominell — Charakter	62

  b) Die Form als sich entwickelnde entsteht
   aa) der Zeit nach: allmählich
    α) intensiv,
    β) extensiv;
   bb) dem Modus nach: unfreiwillig. 71
III. Die Anwendung des Begriffes der Eigentümlichkeit.
  1. Negative Beschränkung: nur auf die Menschen anwendbar 75
  2. Positive Ausdehnung: Massen-Individualität
   a) quantitativ: Rassen, Völker,
   b) qualitativ: die beiden Geschlechter. 84
Schlusswort.

Einleitung.

Den Begriff der Eigentümlichkeit gewinnt Schleiermacher aus der Thatsache, „dass jeder Mensch auf eigene Art die Menschheit darstellen soll, dass er sich ein einzeln gewolltes, also auserlesenes Werk der Gottheit fühlt, welches besonderer Gestalt und Bildung sich erfreuen soll." So sagt er in den Monologen und verkündigt dabei das Aufleuchten dieses Gedankens in ihm mit Tönen wahrer Begeisterung. Woher diese Begeisterung bei einer uns so einfach erscheinenden Veranlassung? — Weil die Erkenntnis von der Eigentümlichkeit jedes Menschen ihn, seitdem sie ihm aufgegangen, am meisten erhebt, weil sie ihm eine wirkliche That, eine entscheidende Wendung in seinem gesammten innern und äussern Leben ist. Die begeisterten Worte gelten nicht nur dem Erfolge eines philosophischen Denkprozesses, der Lösung eines lange gesuchten wissenschaftlichen Problemes, sondern weit mehr noch der richtigen Beantwortung einer praktischen Lebensfrage, dem Gewinne einer Welt- und Lebensansicht, eines Lebensideals.

Lange — so stellt er es in den Monologen dar — hat er danach gesucht, lange auf einer niedrigeren Stufe der Erkenntnis gestanden, die auch ihm genügte. Ja er kann auf diese Zeit sogar mit Selbstgefühl blicken, denn schon damals stand er hoch über allen denen, die sich dem Scepter der Notwendigkeit beugen und unter dem Fluch der Zeit, die nichts bestehen lässt, seufzen. Dennoch waren ihm auf jener Stufe, wo er das Bewusstsein der allgemeinen Menschheit in sich trug und auf der Höhe der Vernunft stand, noch Zweifel mitgegeben und ein anderes höheres Ziel trat immer lebhafter vor seine Seele. Er rang nach ihm in innerm Drange und fand es dadurch, dass er den Gedanken der Eigentümlichkeit erfasste. Nunmehr wurden ihm von dieser höheren Einsicht aus die Mängel der früheren erst ganz deutlich: wie er nämlich damals „die Gleichheit des einen Daseins als das Einzige und Höchste verehrend, geglaubt habe, es gebe nur ein Rechtes für jeden Fall, es müsse das Handeln in allen dasselbe sein, und nur wiefern doch jedem seine eigene Lage, sein eigener Ort gegeben sei, unterscheide sich einer vom andern"; wie er ferner die Menschheit als eine gleichförmige Masse angesehen habe, die zwar äusserlich zerstückelt erscheine, innerlich aber in allen dieselbe sei; und wie er von der besonderen geistigen Gestalt des Menschen angenommen, dass sie sich ganz ohne inneren Grund auf äussere Weise nur durch Reibung und Berührung zur zusammengehaltenen Einheit der vorübergehenden Erscheinung bilde.¹)

Man hat in diesen Sätzen eine kritisierende Bezugnahme auf die Kant-Ficht'sche Philosophie gefunden und — wenn man die Ausführungen in den „Grundlinien einer Kritik der bisherigen Sittenlehre" vergleicht — wohl nicht mit Unrecht. Nach dieser Schrift hat sich Schleiermachers Denken im schärfsten Gegensatze gegen jene die wissenschaftliche Welt beherrschenden Systeme gerade in seinem originalsten Bestandteile, der Lehre von der Eigentümlichkeit durchgearbeitet. Es half ihm hierzu nicht, dass er von seinem 19.—27. Jahre sich vorwiegend mit der Kritik der reinen und praktischen Vernunft beschäftigt hatte. Im Gegenteil, die Bedeutung, welche hier der allgemeinen menschlichen Vernunft gegeben wird, nimmt das Interesse des Denkers völlig für sich in Anspruch und am allerwenigsten hat neben ihr der Gedanke Raum, dass diese allgemeine Vernunft nun wieder in jedem Einzelnen eigentümlich erscheine und sich prinzipiell, nicht bloss äusserlich verschieden von der Ver-

---

¹) Schleierm. W. W. III, 1. S. 366. f.

nunft in allen übrigen Individuen äussere. Ja dieser Gedanke war sogar fähig, der unfehlbaren Sicherheit, mit welcher der kritische Idealismus seine Resultate verkündigte, einen empfindlichen Stoss zu geben.

So sehen wir denn, dass Kant in seinem System für den Begriff der Eigentümlichkeit und dessen Anwendung keinen Platz hat. Er vernachlässigt über den in allen Menschen identischen Formen der Anschauung und des Denkens die in der menschlichen Natur ebenso ursprünglich begründete Eigentümlichkeit des einzelnen Ich, welche eine qualitative Verschiedenheit der Menschen unter einander bedingt. Man kann diesen Mangel entschuldigen in der Kritik der reinen Vernunft, die nach Kant jede andere philosophische Erkenntnis erst begründen soll. Aber verhängnissvoll wird der Fehler in dem System der praktischen Vernunft. Kants Ethik hat ja das grosse Verdienst, der laxen, oberflächlichen Moral der ausartenden Aufklärung gegenüber die Würde und das absolute Gebot des Sittengesetzes wieder zur Geltung gebracht und dadurch eine Reform der Ethik angebahnt zu haben. Aber obwohl er die ethische Untersuchung tiefer auf das intelligible Wesen des Menschen gründet, so vermag er doch nicht dieses nun auch in seiner wirklichen Erscheinung d. h., wie es sich in der unendlichen Mannigfaltigkeit eigentümlicher Daseinsformen dokumentiert, aufzufassen, weil er überall Wesen und Erscheinung abstrakt gegenüberstellt. Dieser Mangel ist nun aber eben der Grund, — so führt Schleiermacher in der Kritik der Sittenlehren aus, — warum Kant nicht Sittenlehre, sondern vorwiegend Gesetzes- und Rechtslehre vorträgt.

Als Fortbildner der Kant'schen Gedanken sieht sich Fichte an. Gegen ihn spricht sich daher Schleiermacher in demselben Sinne wie gegen Kant aus. Dennoch hat man, aber wohl nur einmal, den Schleiermacher eigentümlichen Grundsatz, über welchen wir hier handeln, gerade diesem ab- und Fichte zugesprochen. Dies nämlich hat in einem Aufsatz über Fichte und Schleiermacher Fichtes Sohn behauptet, indem er sich auf einen Brief von Chalybäus stützt. Es heisst da: „Sofern das Individualitäts-Prinzip bei Schleiermacher zu finden sein möchte, hat er es sicherlich nur von Fichte und es ist daher auf die Quelle zurückzugehen." Diese Darlegung findet Dilthey mit Recht sonderbar, widerlegt sie und stellt dann einen Vergleich an zwischen dem Ich Fichtes und der Individualität Schleiermachers.¹)

Unzweifelhaft haben diese Begriffe der beiden Denker grosse Aehnlichkeit. Doch ist der wesentliche, prinzipielle Unterschied zwischen ihnen nicht zu verkennen, wenn man folgende Stelle in Fichte's Sittenlehre ²) sich vergegenwärtigt: „Schon oben ist das Reine im Vernunftwesen und die Individualität scharf voneinander geschieden worden. Die Aeusserung und Darstellung des Reinen in ihm ist das Sittengesetz; das Individuelle ist dasjenige, worin sich jeder von anderen Individuen unterscheidet. Das Vereinigungsglied des reinen und empirischen liegt darin, dass ein Vernunftwesen schlechthin ein Individuum sein muss; aber nicht eben dieses oder jenes bestimmte, dass einer dieses oder jenes bestimmte Individuum ist, ist zufällig, sonach empirischen Ursprungs."

Indem also Fichte den gemeinsamen Inbegriff der menschlichen Natur im Auge hat, legt er dem, wodurch sich jeder von den übrigen unterscheidet, keine Bedeutung bei. Dieser Unterschied ist ihm ein äusserlicher, beruhend auf der Verschiedenheit der Umgebungen und äusseren Verhältnisse eines jeden. Die Individualität erstreckt sich nach ihm nicht weiter als „auf das Verhältnis zu einem eigenen Leibe und auf die Mehrheit der Menschen-Exemplare überhaupt."³)

Die Tragweite dieser Theorie ergiebt sich aus den Folgerungen, dass die Individualität blosse Beschränkung des Absoluten ist, und dass das Objekt d. i. das Ziel des Sittengesetzes nicht, wie bei Schleiermacher, die Ausbildung und Vollendung der Individualität ist, sondern ihre Vernichtung und Verschmelzung in die absolut reine Vernunftform.⁴)

Wir sehen: Der Vernachlässigung des Grundsatzes der

---

¹) Dilthey, Leben Schleiermachers S. 342, 343.
²) J. G. Fichte, System der Sittenlehre etc. W. W. IV, S. 251.
³) Vergl. Schleierm. Krit. d. Sittenl. S. 61, 62.
⁴) Fichte a. a. O. S. 254—256.

Eigentümlichkeit durch Kant, der Verneinung desselben durch Fichte steht Schleiermacher, indem er die eigentümliche Verschiedenheit der Menschen weder nur äusserlich noch zufällig findet, neu und selbständig gegenüber. Gleichwohl ist er nicht der erste, der überhaupt das Individualitätsprinzip erst findet und zum ersten Male in die Philosophie einführt. Vielmehr kennt es schon Aristoteles. Unter den Neueren betont es mit Beziehung auf die Praxis des Unterrichtes Baco und in seinen „Gedanken über die Erziehung" auch Locke, wie es denn überhaupt in der Pädagogik schon vor Schleiermacher einen hervorragenden Platz einnimmt. Rein philosophische Bedeutung dagegen gewinnt es in entscheidendem Masse erst bei Leibnitz. Dieser widerlegt den absoluten Gegensatz von Denken und Ausdehnung in der Philosophie des Cartesius durch seinen Begriff der Kraft. Letztere offenbart sich in einer unendlichen Fülle einzelner Substanzen, so zwar, dass diese nicht Teile einer Kraft, die unteilbar ist, sondern selbst ganze volle Kräfte und darum Substanzen sind. Als solch' einzelnes Wesen ist sie von allen übrigen unterschieden und ein vollkommen eigentümliches und in seiner Art einziges Wesen, zugleich ist sie einfach (d. h. nicht zusammengesetzt), ursprünglich, selbständig, kurz ein Individuum, welches durch Selbstthätigkeit und Selbstunterscheidung seine besondere Eigentümlichkeit behauptet. So hat also Leibnitz das principium individuationis gefunden, dem gemäss er lehrt, dass jedem Wesen eine unveräusserliche Eigentümlichkeit innewohnt, dass nirgend in der Welt auch nur zwei vollkommen gleiche Wesen angetroffen werden.

Schleiermacher hat, wie wir aus den von Dilthey veröffentlichten Denkmalen seiner innern Entwicklung wissen, Leibnitz vor Veröffentlichung der Reden und Monologen studiert. Ja erst nach diesem Studium finden wir bei ihm die erste Aufzeichnung von Gedanken über die Eigentümlichkeit in den ethischen Rhapsodieen.[1]) Es kann daher

---

[1]) Dilthey a. a. O. S. 151 u. 326.

kein Zweifel sein, dass sich dieselben erst auf Grund der Leibnitz'schen Lehre in ihm entwickelt haben.

Das jedoch hebt die Selbständigkeit seines Denkens nicht nur nicht auf, bestätigt sie vielmehr. Denn die Herübernahme des Begriffes ist verbunden mit einer durchaus originalen Auffassung und neuen epochemachenden Anwendung desselben. Während nämlich Leibnitz seinen „Monadenfund" mehr mit dem Reichtum seiner Einbildungskraft als durch strenges, kritisches Denken verteidigt, fasst und begründet Schleiermacher den Begriff der Eigentümlichkeit nicht blos metaphysisch, sondern psychologisch; während in dem Systeme jenes der Begriff nur eine mathematisch-physikalische Anwendung allgemein philosophischer Art findet, weiss Schleiermacher ihn zu beleben und fruchtbar zu machen zur Begründung einer neuen Religionsphilosophie und zum Aufbau eines neuen psychologischen sowohl wie ethischen Systemes. Das war doch auch eine Entdeckung, und keine einfache und leichte: denn „nur schwer und spät gelangt der Mensch zum vollen Bewusstsein seiner Eigentümlichkeit", so berichtet er selbst in den Monologen. Erst als er diese schrieb, war ihm der Gedanke der Eigentümlichkeit in voller Klarheit und in seiner ganzen Tragweite aufgegangen. Da verleiht derselbe der Selbstbetrachtung, wie solche beim Jahreswechsel sich aufdrängt, erst ihren rechten Wert, giebt dem Menschen Gewissheit über seinen Beruf, veredelt und vertieft das Verhältnis zu den Freunden. Der Blick auf das eigene innere Wesen in seiner Eigentümlichkeit schafft Ruhe und Klarheit dem Gemüt, hebt es empor über das gewöhnliche Leben und Treiben der Welt, gewährt verheissungsvollen Blick in die Zukunft, verschönt Jugend und Alter.

So zeichnet Schleiermacher in hoher Selbstbetrachtung mit dichterischem Schwunge und erhabenem Ausdruck der Rede ein sich zum Höchsten emporschwingendes Leben und Streben. Es ist sein Lebensideal, das er nun, nachdem er die Eigentümlichkeit seines inneren Wesens erkannt hat, eben darum erringen will, um diese seine Eigentümlichkeit zur Ausbildung und Vollendung zu bringen. Das ist die

Thatsache der Eigentümlichkeit und ihre Bedeutung für Schleiermachers Person. Für seine Wissenschaft aber wird es von Entscheidung, dass er nicht nur sein subjektives Erleben zu schildern sich begnügt, sondern auch in objektiver Weise eine Begriffsbestimmung des für ihn so wichtigen ethischen Grundsatzes aufstellt.
Dieselbe dürfte sich ungefähr folgendermassen wiedergeben lassen.

I.
Die Definition des Begriffes der Eigentümlichkeit.

An der Stelle, wo die Lehre von der Eigentümlichkeit in die philosophische Ethik eintritt, lesen wir: „da alles sittlich für sich zu setzende als einzelnes zugleich auch begriffsmässig von allem andern einzelnen verschieden sein muss: so müssen auch die einzelnen Menschen ursprünglich, begriffsmässig von einander verschieden sein; d. h. jeder muss ein eigentümlicher sein."[1]) Die Verschiedenheit als eine ursprüngliche, begriffsmässige wird auch gleich noch näher erklärt. Ursprünglich verschieden d. h. so, dass diese Verschiedenheit nicht etwa nur durch das Zusammensein mit verschiedenen geworden, sondern innerlich gesetzt ist. Begriffsmässig verschieden d. h. nicht nur, weil sie in Raum und Zeit andere sind, sondern so, dass die Einheit, aus welcher sich das in Raum und Zeit gesetzte entwickelt, verschieden ist.

In diesen beiden Bestimmungen haben wir negative und positive Momente. Abgewiesen wird das nur dem Raume und der Zeit nach Verschiedene, sowie dasjenige, welches in sich kein selbstgestaltendes Prinzip, daher den Grund seiner Verschiedenheit nicht in sich selber hat, sondern von aussen her empfängt. Eigentümlich dagegen ist dasjenige, dessen Unterschied von anderem innerlich gesetzt ist und gerade so, wie er ist, aus einer inneren Notwendigkeit entspringt, daher der einzelne Mensch, wie es in den

---
[1]) Philos. Ethik ed. Schweizer § 130.

Reden¹) heisst: „Nichts anderes sein kann als was er sein muss" (II. Aufl.: „ist"); das Eigentümliche unterscheidet sich seinem Wesen und seiner inneren Beschaffenheit nach, also „qualitativ" von allem anderen. Ihm gegenüber können wir jenes erstere nur als ein Einzel- oder Für-sich-Sein ohne eigentümlichen Charakter ansehen.

Wenn wir nun diese Unterschiede an die Wirklichkeit heranhalten, so sehen wir leicht, dass es viel mehr Dinge giebt, welche den ersteren Bestimmungen als solche, welche den letzteren entsprechen. Wir finden viele Sonder- und Einzel-Existenzen, die jedoch kein eigentümliches Dasein haben, weil ihr Ursprung nur zufällig, ihr Unterschied von anderen nur äusserlich, nicht innerlich und qualitativ ist. Dies wird am deutlichsten bei dem bloss numerisch Verschiedenen; ein abgesprengtes Stück Stein z. B. ist von seinem Complement nur numerisch verschieden, weil qualitativ mit ihm ganz dasselbe.²) Und so hat die tote Natur in ihren Einzelerscheinungen überhaupt kein eigentümliches Dasein aufzuweisen.

Wie steht es nun in dieser Hinsicht mit der lebendigen? Wir werden weiter unten zu zeigen haben, dass der von Schleiermacher aufgestellte und psychologisch begründete Begriff der Eigentümlichkeit nicht auf alle lebenden Wesen der Erde Anwendung finden kann. Das Tierreich ist davon ausgeschlossen, nur den Menschen kommt eigentümliches Sein zu, nur sie sind ursprünglich und begriffsmässig von einander verschieden.

Was demnach das Verhältnis der Eigentümlichkeit zur Einzelheit anlangt, so wäre jener dem Umfange nach der engere, dieser der weitere Begriff oder — wenn wir es logisch ausdrücken wollen — jener der kleinere, dieser der grössere zweier konzentrischer Kreise. Man würde jedoch Schleiermachers Ansicht nicht vollständig wiedergeben, wollte man dabei stehen bleiben. Sehen wir nämlich in dem oben zitierten § 130 auf den Vordersatz, so wird von dem sittlich

---

¹) Reden über die Religion. Krit. Ausg. v. B. Pünjer S. 6.
²) Phil. Ethik S. 165.

für sich zu setzenden „als einzelnem" gesprochen. Es giebt aber auch anderes „sittlich für sich zu setzendes", die ursprünglichen Differenzen zeigen sich nicht nur unter den einzelnen, sondern kommen auch „massenweise" vor. Als solche „grossen Differenzen im menschlichen Geschlechte" gelten Schleiermacher die Rassen-, Volks-, und Geschlechts-Individualitäten. Denn nicht blos die einzelnen Menschen sind unter einander ursprünglich, begriffsmässig verschieden, sondern auch die Rassen, Völker, und Geschlechter (d. h. der männliche und weibliche Typus).[1]) Findet also auch auf diese der Begriff der Eigentümlichkeit Anwendung, so ist freilich klar, dass das eigentümliche Sein zu dem blos einzelnen oder besonderen Sein ein anderes Verhältnis einnimmt, als das oben aufgestellte; es ist nicht mehr im Vergleich zu diesem der engere Begriff, sondern beide gehen weit mehr aus einander, sie sind nicht, — um auf das mathematische Beispiel zurückzukommen —, mit zwei konzentrischen, sondern mit zwei sich von aussen schneidenden Kreisen zu vergleichen. Gemeinsames Gebiet für beide sind die Menschen als einzelne und zugleich eigentümliche, ausserdem aber umfasst das Einzel-Sein für sich das ganze Aussermenschliche, das Eigentümliche dagegen seinerseits die in der menschlichen Gattung vorhandenen Unterschiede der Rassen, Völker, Familien und des Geschlechts.

Wenn wir jetzt, nachdem wir den Begriff der Eigentümlichkeit festgestellt haben, auf seine Anwendung im allgemeinen bei Schleiermacher sehen, so finden wir als bemerkenswerten Umstand, dass er, mit wenigen Ausnahmen, in Verbindung mit den ihm entgegengesetzten Begriffen erscheint:

Der direkte Gegensatz des Eigentümlichen, oder, wie Schleiermacher in diesem Zusammenhange wohl der Konzinnität wegen sagt, des Individuellen ist das Identische d. i. das in allen ursprünglich und begriffsmässig Gleiche und allen Gemeinsame. Dieser Gegensatz spielt in der philosophischen Ethik eine wichtige Rolle, indem die Vernunft-

---

[1]) Schleiermachers Psychologie ed. George 1862. S. 51. 57. 238 u. a.

thätigkeit nach ihren beiden Seiten des Organisierens und Symbolisierens sowohl als identische wie als individuelle charakterisiert wird. Der andere Gegensatz, von dem das Eigenthümliche der eine Factor ist, ist der des Besonderen und Allgemeinen oder des Individuellen und Universellen; Gegenüberstellungen, an denen uns allerdings zweierlei auffällt. Erstens bildet in der einen nicht der Begriff des Eigenthümlichen das eine Glied, sondern der des Besonderen. Doch dieser Umstand darf uns nicht bestimmen, den ganzen Gegensatz hier zu übersehen. Denn wir müssen vorläufig doch „die Massen-Differenzen" bei Seite setzen und nur auf die einzelnen sehen; in dieser Beziehung aber hat sich uns der Begriff des Besonderen als der weitere ergeben, der den engeren des Eigenthümlichen in sich schliesst. Daher haben wir vielfach bei Schleiermacher da, wo er von dem besonderen Sein spricht, das eigentümliche mitzudenken, ja man kann sogar, besonders in den Reden, geradezu den letzteren Begriff für den ersteren, ohne den Sinn zu ändern, einsetzen. Aehnlich verhält es sich mit dem andern Gliede des Gegensatzes, dem Allgemeinen; es begreift unter sich zugleich das Identische und steht vielfach vermöge der schwankenden Terminologie Schleiermachers mit diesem in gleicher Bedeutung. Wir müssen daher den Gegensatz des Besonderen und Allgemeinen in unsere Erörterung aufnehmen. Nun setzten wir oben mit demselben als gleichbedeutend die Ausdrücke Individuell und Universell. Darüber ist noch einiges zu sagen. Der Gegensatz Individuell — Universell ist offenbar ein schiefer, da das Individuelle seinen Gegensatz nicht am Universellen, sondern am Identischen hat. Wenn es daher hier mit jenem verbunden ist, so müssen wir es im weiteren Sinne nehmen und dem Besonderen gleichstellen. So wenigstens will es Schleiermacher selbst wohl verstanden wissen. Vergleiche Psychologie S. 40, wo das Individuelle, welches aus dem Universellen hervorgeht, nicht als ein begriffsmässig, ursprünglich von anderen Verschiedenes, sondern lediglich als ein Einzel- oder Für-sich-Sein gefasst ist, da es auch auf die unvollkommensten tierischen Organismen bezogen wird. Aehnlich S. 62 ff., wo

einzelnes, besonderes und individuelles Leben gleichbedeutend sind. Dementsprechend setzt Bender ebenfalls Allgemeines-Besonderes und Universelles-Individuelles einander gleich.[1])
Wir haben demnach die beiden Gegensätze: 1) Individuell-Identisch oder Eigentümlich-Gleich (diesen Ausdruck in den Reden). Hier verstehen wir unter dem Eigentümlichen oder Individuellen jenen im § 130 der philosophischen Ethik bestimmt abgegrenzten Begriff. — 2) Individuell-Universell oder Besonder-Allgemein. Hier steht der Ausdruck Individuell im weiteren Sinne und ist gleich dem Besonderen, Einzelnen. Damit ist jedoch das im engeren Sinne Individuelle nicht ausgeschlossen; z. B. bei dem Gegensatz Ich-Nichtich ist das Einzelne (Ich) zugleich eigentümlich, beides aber entgegengesetzt dem Allgemeinen (Nichtich).

Dieser Wechsel im Gebrauch desselben Ausdruckes ist ohne Zweifel ein formeller Mangel, den man gut thut, sich von vornherein klar zu machen. Deshalb setzt Schweizer in der philosophischen Ethik auf S. 96 unter den Text die Anmerkung: „Die Schärfe der Wissenschaft fordert bestimmt zu unterscheiden zwischen dem, was Schleiermacher den Gegensatz des identischen und individuellen nennt, und dem des allgemeinen und besonderen; der letztere findet statt, auch wo alle besonderen Einzelwesen einander völlig gleich gedacht würden, daher der erstere gar nicht in allen Gattungen gesetzt wird."

Im Grossen und Ganzen hält indess doch auch Schleiermacher diesen Unterschied zwischen beiden Gegensätzen fest. Denn es ist nicht blos Zufall, wenn er in der Ethik die Vernunftthätigkeit unter die Charaktere des Identischen und Individuellen bringt, andererseits in der Psychologie von einem individuellen und universellen Lebensprozesse redet, oder wenn er in der Dialektik ein identisches Wissen und ein individuelles Denken kennt, dagegen in den Reden den Gegensatz des allgemeinen und besonderen Seins hervorkehrt.

Es ist Schleiermacher eigentümlich, dass sich seine

---

[1]) Bender, Schleiermachers Theologie mit ihren philos. Grundlagen dargestellt. 1876 I S. 48. 49.

Wissenschaft stets unter Berücksichtigung dieser (und anderer, von denen wir hier absehen) Gegensätze fortbewegt. Es ist aber für ihn ebenso charakteristisch, — und dies hat er mit Schelling gemein[1]) — dass die Glieder dieser Gegensätze nicht gegen einander abgeschlossen, ihre Gebiete nicht gänzlich von einander geschieden und einander entgegengesetzt, kurz dass es nicht reine und absolute, sondern fliessende und relative Gegensätze sind.

Ueber diese Relativität der Gegensätze haben wir uns noch näher zu verständigen, und da wir es hier mit dem oben festgestellten Begriff der Eigentümlichkeit zu thun haben, so wollen wir hier den Gegensatz des Identischen und Individuellen, sowie von dem des Einzelnen und Allgemeinen diejenigen Fälle, wo das Einzelne zugleich ein Eigentümliches ist, ins Auge fassen, was um so zweckmässiger, als die zu beweisende Relativität gerade hier am meisten in Frage kommt. Wir sagten nämlich oben: wenn wir von den „Massen-Individualitäten" absähen, so sei das eigentümliche eine besondere Art des Einzelseins. In Analogie hierzu können wir auch den Gegensatz des Individuellen und Identischen als eine besondere Art des weiteren von Besonderem und Allgemeinem ansehen, da jener nur auf die menschliche Gattung, dieser dagegen auf die gesammte lebende und tote Natur Anwendung findet. Dieses weitere aussermenschliche Gebiet nun des Besonderen und Allgemeinen brauchen wir hier nicht sonderlich zu berücksichtigen, weil da die Relativität des Gegensatzes kaum in Frage gestellt wird.

Denn wohin wir auch in dem gesammten Leben und Weben der Natur um uns her blicken, überall sehen wir, in einem unaufhörlichen, ewigen Fluss der Dinge alles Einzelne und Besondere aus dem Allgemeinen, wie aus einem mütterlichen Schoosse hervorgehen und, wenn es den Kreis seines Daseins durchlaufen, wieder dahin zurückzukehren, woher es gekommen. So sind Anfang und Ende alles be-

---

[1]) Vergl. Schürer, Schleierm.'s Religionsbegr. Diss. Leipz. 1868. S. 6. — Bender a. a. O. S. 60 und 70.

sonderen und allgemeinen Seins notwendig immer in einander, und hier ist daher ihr Gegensatz, wenn nicht ganz aufgehoben, jedenfalls sehr fliessend. Aber nicht blos an den End- und Wendepunkten macht sich der Zusammenhang der beiden Glieder in deutlicher Weise geltend, sondern auch, so zu sagen in der Mitte, da, wo das Einzelne den Gipfelpunkt seines Daseins erreicht hat, und seiner Sonderexistenz die grösste Selbständigkeit innewohnt, ist die Verbindung mit dem Allgemeinen unauflöslich.

Denn wie das Allgemeine des Einzelnen nicht entbehren kann, weil es nur durch dasselbe zur Darstellung und Wirklichkeit kommt und ohne dasselbe überhaupt gar Nichts ist, so hinwieder ist der ganze Lebe- und Werdeprozess des Einzelnen mit tausend Fäden an das Allgemeine und Gesamte gebunden und von ihm abhängig. Dieser Zusammenhang ist so selbstverständlich und in den Gesetzen der Weltordnung so begründet, dass wir nirgend auch nur den Versuch unternommen sehen, ihn zu zerreissen. Also: das Allgemeine nicht ohne die Darstellung in dem Einzelnen und das Einzelne nicht ohne den Ursprung aus und die Verbindung mit dem Allgemeinen.

Dieses Gesetz, welches in dem gesamten aussermenschlichen Sein uns entgegentritt, scheint nun aber in dem Leben der Menschheit nicht mehr ausnahmslos Geltung zu haben. Hier nämlich, wo der Einzelne zugleich ein eigentümliches Dasein führt und einen eignen Willen hat, kommt es wirklich vor, dass das Leben des Einzelnen von der Gesamtheit loszutrennen wenigstens der Versuch gemacht wird, und es könnte scheinen, als ob der einzelne Mensch in seiner ursprünglichen, begriffsmässigen Verschiedenheit von allen andern in dieser Beziehung unabhängiger dastehe, als die einzelnen Daseinsformen, welche nur zeitlich und räumlich eine Sonderexistenz führen. Doch wir müssen das nach Schleiermacher verneinen.

„Ein Gegensatz ist relativ", das bedeutete: seine Glieder haben Beziehung zu, Berührungspunkte mit einander; überall, wo das eine erscheint, ist das andere nicht vollständig ausgeschlossen, sondern beziehungsweise mitgesetzt; das eine kann nicht ohne das andere für sich allein bestehen, sie bedürfen vielmehr der gegenseitigen Ergänzung. Gerade dies gilt von dem Gegensatz des Identischen und Individuellen. Er ist nämlich gewissermassen gleichbedeutend mit dem von Gattung und Exemplar. Das Identische als das in allen Gleiche und Gemeinsame bezeichnet dasjenige, was den Begriff der Gattung, hier der menschlichen, ausmacht. Das Eigentümliche hebt aus ihr den Einzelnen als besonderes Exemplar heraus. Nun kann der Unterschied zwischen Gattung und Exemplar niemals ein absoluter, sondern nur ein bedingter und relativer in der Realität sein. Der Begriff der Gattung ist eine Abstraktion und als solche nach der überwiegenden Meinung der modernen Philosophie, die in dieser Hinsicht den mittelalterlichen Nominalismus zu Ehren gebracht hat, nur gedacht und an sich, ohne die konkrete Darstellung in den einzelnen Exemplaren, nicht wirklich existierend. Der einzelne Mensch hinwieder verdankt sein Dasein anderen Menschen, die im Verhältnis zu ihm die Gattung repräsentieren, und seine nächste, wie ganze fernere Entwicklung ist, diesem Ursprung entsprechend, an die menschliche Gemeinschaft gebunden und durch die Teilnahme an ihr bedingt. Diesen Zusammenhang zu leugnen, oder gar zu zerreissen, ist unmöglich. Ein solches Beginnen verurteilt Schleiermacher auf das entschiedenste; und wenn es Zeiten gab, in denen solche Denk- und Handlungsweise als etwas Grosses, ja Heiliges angesehen wurde, so war das eben eine im Irrtum befangene Richtung des menschlichen Geistes und musste, da ja auch die Geschichte den Misserfolg konstatierte, einer geläuterteren Weltanschauung weichen. Sie widerspricht nicht nur dem Wesen unserer Natur im allgemeinen, sondern es giebt auch, wie Schleiermacher in der Psychologie[1]) nachweist, in unserem gesamten organischen und intellektuellen Leben nur solche Thätigkeiten, welche jenen Zusammenhang voraussetzen und fordern, sei es nun, dass sie mehr auf das Verhältnis des Ich zu dem Nichtich — ein Ausdruck, den Schleiermacher

---

[1]) S. 62—67.

freilich, weil nur negativ, vermeidet, jedoch nicht gerade glücklich ersetzt oder umschreibt, daher wir ihn der Kürze halber beibehalten — oder auf das zu den andern Ichs Bezug haben.

Schleiermacher spricht an dieser Stelle von den aufnehmenden und ausströmenden Thätigkeiten. Der Unterschied dieser Funktionen beruht ihm nicht darauf, dass in dem einen Falle nur das Nichtich, im anderen nur das Ich thätig und wirksam wäre, sondern bei jeder dieser Thätigkeiten sind sowohl das Ich wie das Nichtich zusammen in Funktion. Der Unterschied ist daher lediglich der, dass bei den aufnehmenden Thätigkeiten die Einwirkung vom Nichtich her (Schleiermacher sagt: „von aussen") beginnt, aber dann durch das Ich (Schleiermacher: „durch den innern Grund") erst befestigt und vollendet wird, dagegen bei den ausströmenden das Ich beginnt, aber dann durch die Gegenwirkung des Nichtich bestimmt wird. Die weitere Folge davon ist es, wenn der ganze Gegensatz selbst ein fliessender wird und „uns das Leben erscheint als ein Oscilliren zwischen den überwiegend aufnehmenden und überwiegend ausströmenden Thätigkeiten, so dass in der einen immer ein Minimum der andern mitgesetzt ist und das ganze sich darstellt als eine fortwährende Circulation." [1]

Und doch — so wendet Schleiermacher sich selbst ein — spricht man von rein immanenten Thätigkeiten, die lediglich innerhalb des lebendigen Einzelwesens selbst verlaufen, demnach keine Beziehung des Ich zum Nichtich wie zu den übrigen Ichs postulieren und ausdrücken, und damit den ausgesprochenen Gedanken, dass dieselbe überall notwendig vorhanden, widerlegen würden. Es könnte Thätigkeiten geben, „welche mit leiblichen Erregungen beginnen und in geistigen Funktionen ihr Ende erreichen oder umgekehrt mit geistigen Erregungen anfangen und in leiblicher Bestimmtheit endigen." Da würde dann von einem Verhältnis des lebendigen Einzelwesens zu dem „Ausser-ihm" gar nicht die Rede sein.[2]

---
[1] Psychol. S. 62—66. Schürer a. a. O. S. 14—16.
[2] Psych. S. 67—70.

Diese Folgerung bestreitet Schleiermacher und behauptet, dass auch bei diesen Thätigkeiten der Zusammenhang zwischen dem Einzelwesen und dem „Ausser-ihm" nicht aufgehoben sei. Der ganze Einwand nämlich entspringt nach ihm der falschen psychologischen Auffassung vom Ich, die dieses als eine gewissermassen mechanische Zusammensetzung von Leib und Seele ansieht, indem sie diese beiden zunächst für sich denkt, dann beide zusammenkommen und eins werden und so einen Menschen entstehen lässt. Gegen solche Theorie treten ganz entscheidende Momente auf.[1]) Für uns kommt hier hauptsächlich der Umstand in Betracht, dass eine solche Betrachtungsweise geneigt ist, nur auf jenes Hin und Her zwischen dem Leiblichen und Geistigen zu sehen, um diese beiden Faktoren so zu sagen einen Kreis zu ziehen und, indem sie alles ausser demselben liegende einfach ignoriert, das Ich von allem Zusammenhange mit dem Nichtich überhaupt wie mit den übrigen Ichs loszutrennen. So erscheinen ihr jene oben charakterisierten Thätigkeiten des Ich als innere, während sie doch in Wirklichkeit der Beziehung zu der Aussenwelt durchaus nicht entbehren. Dies letztere wenigstens folgt aus der richtigen psychologischen Ansicht, wonach das Ich nicht eine Zusammensetzung von Leib und Seele als gleichbedeutenden Teilen ist, sondern „eine Erscheinung des Geistes in Verbindung mit der auf gewisse Weise organisierten Materie." Der Geist also ist der das Ich bildende, gestaltende und in ihm herrschende Faktor, dem das Organische unter-, nicht nebengeordnet ist, und der keinen Dualismus im Ich zulässt, sondern, indem er selbst als Seele eine bestimmte Art und Weise seines Seins annimmt, sich mit dem Materiellen zu einem einheitlichen Organismus verbindet. So geschieht die Bildung des Ich durch die Einwirkung des Geistes auf die Materie, letztere ist jenem gegenüber das „Ausser-ihm", folglich muss man das Ich aus einem Verhältnis des Geistes zu dem „Ausser-ihm" erklären. Das ist der entscheidende Gesichtspunkt, der also den Gegensatz des Ich und Nichtich

---

[1]) Vergl. Psych. S. 6 ff.

als den obersten hinstellt, und dem alle anderen, wie der von Leib und Seele untergeordnet sind. Denn der Leib ist nur ein bestimmt organisierter Teil des Materiellen überhaupt und die Seele nur „eine bestimmte Art und Weise des Seins des Geistes" überhaupt. Alle organischen Erregungen im Ich, sowohl diejenigen, welche vom Leiblichen ausgehen, wie die, welche in demselben endigen, haben, wenn man sie genau verfolgt, zugleich im Allgemein-Materiellen, erstere ihren Ursprung, letztere ihr Ende. Ebenso verhält es sich mit allen geistigen Erregungen des Ich; sie können nicht aus dem Zusammenhange mit dem geistigen Sein überhaupt gerissen werden.

Dieses Resultat führt Schleiermacher weniger in Bezug auf die organischen, als auf die intellektuellen Thätigkeiten des Ich, vielleicht weil dasselbe ihm hier anfechtbarer schien, näher aus. Es giebt also keine geistigen Funktionen, die ohne allen Zusammenhang des Ich mit den übrigen Ichs wie mit der Aussenwelt überhaupt wären; jede vielmehr muss „mit einem Einfluss nach aussen" endigen. Das ist bei denen, welche in einen Willensakt aufgehen, ja leicht einzusehen, schwieriger bei denen, welche in einen Gedanken aufgehen. Diese scheinen in der That ein rein inneres Moment zu konstituieren und „kein Verhältnis des lebendigen Einzelwesens zu dem Ausser-ihm" zu setzen. Doch nur scheinbar. Denn auch sie entsprechen sowohl dem Inhalte wie der Form nach dem von Schleiermacher behaupteten Resultate. Dem Inhalte nach: denn der Gedanke muss immer einen Gegenstand, ein Object haben, er muss ein Denken von Etwas, welches nicht er selbst ist, sein. Der Form nach: denn Denken und Sprechen sind für Schleiermacher identisch, und wenigstens muss das erstere in letzterem sich äussern d. i. in Beziehung zur Aussenwelt treten. Geschieht dies nicht, bleibt also das Denken nur ein rein innerliches Sprechen, so hat auch der Gedanke noch gar nicht sein Ende gefunden, sondern ist abgebrochen worden. Kurz, „ein rein innerlicher Verlauf, der weder in seinem Anfange noch an seinem Ende eine Beziehung hätte auf das Aeusserlich-werden-wollen, ist also nur Schein, und es giebt einen rein innerlichen

Verlauf innerhalb des blossen Einzelwesens überhaupt nicht."[1])
Der Gegensatz von Individuell und Identisch ist also ein relativer und diese Relativität erleidet keine Ausnahme. Darum muss, so erfahren wir aus der philosophischen Ethik, die gesamte Thätigkeit der Vernunft notwendig unter beiden Charakteren verlaufen. Das Handeln der Vernunft ist ein in allen identisches, weil ja die Vernunft, als solche oder in abstracto betrachtet, in allen ein und dieselbe ist; es ist aber zugleich ein überall verschiedenes und eigentümliches, weil die Vernunft in concreto immer schon in einem Verschiedenen und daher selbst als verschiedene gesetzt ist. Jede sittliche Thätigkeit hat demnach zwei Seiten, die jedoch zusammen gehören, eine doppelte Aufgabe, die jedoch im Grunde eine ist. Entsprechend heisst es im § 159:[2]) die beiden entgegengesetzten Weisen, das Identische und Individuelle, „dürfen nur beziehungsweise einander entgegengesetzt sein, und nur dasjenige ist ein vollkommenes für sich gesetztes Sittliches, wodurch Gemeinschaft gesetzt wird, die in anderer Hinsicht Scheidung oder Scheidung, die in anderer Hinsicht Gemeinschaft ist." Dies ist offenbar Bedingung für Vollständigkeit des Sittlichen. Dasjenige, worin nur die Einheit der Vernunft gesetzt ist und nicht auch die besondere Bestimmtheit des Handelnden, ist unvollständig; und dasjenige, worin nur diese gesetzt, nicht aber die Einerleiheit der Vernunft in allen, ebenfalls.

Dabei ist freilich nicht ausgeschlossen, dass man auch die Gesamtheit des Sittlichen unter den Gesichtspunkt des einen oder anderen Charakters bringen und bald unter dem einen, bald unter dem andern betrachten kann; ja dies muss der Ordnung und Vollständigkeit halber in jeder Darstellung geschehen. Aber „jede solche Ansicht ist eine einseitige, in welcher nicht alles gleichmässig hervortritt." (§ 134.) Wenn man daher z. B. von einer organisierenden oder symbolisierenden Thätigkeit der Vernunft unter dem Charakter der

---
[1]) Vergl. Psych. S. 67—69. Schürer a. a. O. S. 17—19.
[2]) Philos. Ethik ed. Schweizer.

Identität spricht, so bedeutet der Ausdruck nur, dass dieser Charakter den des Individuellen in der betreffenden Thätigkeit überwiegt, nicht, dass er ausschliesslich und ohne diesen vorhanden ist. Und andererseits kann man von einer organisierenden oder symbolisierenden Thätigkeit der Vernunft unter dem Charakter der Individualität nur so sprechen, dass man die Beziehung auf die Identität nicht ausschliesst. So finden wir also bei Schleiermacher, dass er zwar den Begriff der Eigentümlichkeit von vornherein genau und scharf festzustellen und ihm seine Bedeutung zu sichern sucht, dass er aber seine Geltung an gewisse Bedingungen knüpft und bei seiner Anwendung stets einen bestimmten Zusammenhang und damit zugleich eine bestimmte Grenze festhält. Das Eigentümliche ist eben nur der eine Pol, um den sich unser Leben dreht, der aber allein die Achse unseres Daseins nicht festhalten kann. Der andere Pol, den das Identische konstituiert, ist von gleicher Bedeutung für uns, darum gehören beide zusammen; beides sind gleich notwendige Angeln, um den Kreislauf der menschlichen Existenz in dem richtigen Geleise zu erhalten. — Dieser Erkenntnis, welche wir hier in einem Bilde anschaulich gemacht haben, giebt Schleiermacher überall in seinen Systemen der Psychologie, der Dialektik, der Ethik wie in den Reden Ausdruck. Ohne hierauf noch näher, als soeben in Betreff der philosophischen Ethik geschehen ist, einzugehen zu brauchen, ist es doch von Wichtigkeit, dieses konstatiert zu haben. Denn es beweist, dass Schleiermacher, weil er an Kant und Fichte die Vernachlässigung der Eigentümlichkeit als ethischen Grundsatzes rügt und im Gegensatz zu ihnen denselben um so energischer zu betonen hat, doch nun seinerseits nicht in den entgegengesetzten Fehler verfällt, dem Individualitätsprinzip alles zu opfern und es zu überschätzen, sondern dass er überall die richtige Mitte zu halten weiss und dadurch seine Wissenschaft vor dem falschen Individualismus bewahrt.

Das ist um so mehr anzuerkennen, als drei Umstände ganz dazu angethan waren, ihn zu einer derartigen Einseitigkeit in der Ausprägung seiner Wissenschaft fortzureissen.

Erstens nämlich ist es eine immer sich wiederholende Thatsache, dass neue oder auch nur solche Gedanken, die in Opposition gegen andere herrschende geltend gemacht werden, ihre Vertreter völlig für sich einnehmen und gegen andere blind machen, daher von ihnen stets mit einer gewissen Einseitigkeit ausgebildet und zum Ausdruck gebracht werden. Zweitens ist die Eigentümlichkeit, diese ursprüngliche, begriffsmässige Verschiedenheit, etwas so Einzigartiges in der gesamten Weltordnung, etwas so Selbständiges gegenüber anderen menschlichen Eigenschaften und etwas so Massgebendes für die besondere und allgemeine Entwickelung, dass man sehr wohl daran denken kann, allein auf diesen Begriff ein wissenschaftliches System zu bauen.

Die Versuchung dazu war für Schleiermacher um so grösser, als ihn Drittens sein Lebensweg mit Friedrich Schlegel in so nahe Verbindung brachte, dass er sich veranlasst sah, dessen Produkt eines Gesetz und Sitte verspottenden und verachtenden ethischen Individualismus und Subjektivismus in den vertrauten Briefen gegen das einstimmige Urteil der öffentlichen Meinung in Schutz zu nehmen.[1]) Gleichwohl war aber seine Uebereinstimmung mit Schlegels Ethik eine sehr beschränkte; hat doch Schleiermacher überhaupt niemals den Standpunkt seiner romantischen Freunde geteilt, indem ihn die Weite seines Blickes, die Schärfe seines Verstandes und die sittliche Tiefe seines Charakters vor der Einseitigkeit jener bewahrten. So verwerfen denn die „Reden" auch in der I. Auflage den falschen Individualismus ausdrücklich.[2]) Später hat dann Schleiermacher einerseits stets das Individuelle in Beziehung zum Identischen gesetzt und durch diese Bezugnahme das Recht und die Herrschaft desselben in bestimmte Grenzen eingeschlossen. Andrerseits aber hat er, des hohen Wertes und der einzigartigen Bedeutung der Eigentümlichkeit sich wie kein Anderer bewusst, nicht nur, wie wir soeben entwickelt haben, eine Begriffsbestimmung derselben gegeben, sondern auch eine erklärende Theorie dieses Be-

---

[1]) Vergl. R. Haym, die romant. Schule S. 519 ff.
[2]) Reden ed. Pünjer S. 95, 168, 266, 275.

griffes aufgestellt, indem er sowohl den Ursprung der Eigentümlichkeit metaphysisch abzuleiten wie ihr Wesen psychologisch zu ergründen sucht. Zur Darstellung dieser Erörterungen gehen wir jetzt über.

II.
Die erklärende Theorie des Begriffes der Eigentümlichkeit.

A. Metaphysische Erklärungen.

Die Eigentümlichkeit entspringt 1) nach den Reden einer Vermählung des Unendlichen mit dem Endlichen, 2) nach den Monologen einer freien That, einem ersten Willen des Menschen. Die näheren Aussagen darüber sind folgende: Wo Schleiermacher in der V. Rede „über die Religionen" von den Individuen der Religion spricht, da vergleicht er die Entstehung der religiösen Individualität mit der der Individualität überhaupt. Letztere, so heisst es, entstehe dadurch, dass „ein Theil des unendlichen Bewusstseins sich losreisst und als ein endliches an einen bestimmten Moment in der Reihe organischer Evolutionen sich anknüpft." Diesen Vorgang nennt er dann eine Vermählung des Unendlichen mit dem Endlichen und findet in ihm ein unbegreifliches Faktum. In der 3. Auflage lautet dieselbe Stelle: „indem der lebendige Geist der Erde gleichsam von sich selbst sich losreissend sich als ein endliches u. s. w. wie oben.

Nehmen wir dazu schliesslich noch eine Stelle aus der 2. Rede, so „ist die ewige Menschheit unermüdet geschäftig sich selbst zu erschaffen und sich in der vorübergehenden Erscheinung des endlichen Lebens aufs mannigfaltigste darzustellen."[1]

Ganz anders die Monologen. In dem zweiten, „Prüfungen" überschriebenen Abschnitt derselben ist es die freie That, welche zu einem eigentümlichen Dasein die Elemente der menschlichen Natur versammelt und innig verbunden

---

[1] Reden ed. Pünjer S. 263, 264 und S. 96.

hat. Diese That vollzieht der Mensch selbst vermöge seiner Freiheit, die Beschränkung, welche er dadurch annimmt und welche seines Daseins, seiner Freiheit, seines Willens Bedingung und Wesen ist, besteht daher nicht kraft einer fremden Gewalt ausser ihm, sondern kraft eines eigenen ersten Willens, einer eigenen ursprünglichen Wahl in ihm. Diese seine eigene Entscheidung rückgängig machen zu wollen, wird der Mensch keinen Grund haben: denn sie gerade giebt ihm in allem Wechsel innere Beständigkeit, in allem Handeln Mut und Festigkeit, so dass für ihn unmöglich nur das ist, was er selbst ausgeschlossen hat „durch der Freiheit in ihm ursprüngliche That", durch ihre Vermählung mit seiner Natur.[1])

Wenn wir beide Ansichten Schleiermachers mit einander vergleichen, so finden wir zwischen ihnen einen charakteristischen Unterschied, den wir kurz so ausdrücken können, dass nach den Reden der Ursprung der Individualität ausserhalb des Menschen, nach den Monologen in ihm liegt. Dasselbe scheint mir Bender zu meinen, wenn er in den Reden die Individualität als That des Universums, in den Monologen als freie That des Geistes bezeichnet findet.[2])

Da die Monologen nur ein Jahr später geschrieben sind als die erste Auflage der Reden, so muss dieser schnelle Wechsel in der Anschauung Schleiermachers gewiss auffallen, doch entbehrt er nicht eines zureichenden Erklärungsgrundes. Dieser liegt in folgendem: Das Wesen der Religion gipfelt gerade nach der ersten Auflage der Reden in dem Anschauen des Universums nicht blos, sondern in dem völligen Sich-Versenken in dasselbe und Einswerden mit ihm, indem „die scharfabgeschnittenen Umrisse unserer Persönlichkeit sich erweitern und sich allmählig verlieren sollen ins Unendliche."[3]) Ja wir sollen danach streben, unsere Individualität zu vernichten und im Einen und Allen zu leben. Zu diesen Gedanken passt es, wenn man die Individualität, auf welche um des Unendlichen willen Verzicht zu leisten

---

[1] Monol. No. II u. IV.
[2] Bender a. a. O. S. 59 Anm.
[3] Reden ed. P. S. S. 131, 132.

ist, nicht selbst sich erwählt resp. erworben, sondern als Geschenk aus der Hand des Unendlichen selbst empfangen hat, wenn die Individualität selbst „ein Stück unendlichen Bewusstseins", „ein Teil des lebendigen Geistes der Erde" ist, der durch jene Verzichtleistung lediglich zu seinem Ursprunge zurückkehrt.

Wie verschieden davon die Monologen! Vermöge ihrer ethischen Grundabsicht gilt in ihnen als Ziel des Lebens nichts anderes als die Ausbildung des Eigentümlichkeit. Immer mehr zu werden, was er ist, immer fester durch Geben und Empfangen das eigene Wesen zu bestimmen, sein mit Eigentümlichkeit gebildetes Wesen durch gleichförmiges Handeln nach allen Seiten mit der ganzen Einheit und Fülle seiner Kraft zu erhalten, wenn Schleiermacher, und mit ihm jeder Mensch, nur dies erreicht, was kümmert ihn dann glücklich sein? Wird er dies erreichen? Wird er überhaupt danach streben? — Sicherlich, denn er hat sich selbst dazu verpflichtet durch die eigene freie Wahl seiner Eigentümlichkeit, er wird lebhaft wünschen, was er selbst in sich gebildet, auch zu vollenden. Und andererseits wird er diesen ersten Willen, der ja sein eigener ist, nicht rückgängig machen wollen, noch auch die Beschränkung, in der er sich befindet, als fremde Gewalt empfinden. Und nicht blos das; jenes geliebte Bewusstsein der Freiheit wird ihm die schöne Ruhe des klaren Sinnes einflössen, mit der er heiter in die Zukunft schaut. Er wird sich in seinem Handel nicht beengt fühlen; denn er kann alles, was er will, weil er nur das will, was seiner Eigentümlichkeit entspricht, und unmöglich ist für ihn nur das, was ausgeschlossen ist „durch der Freiheit in ihm ursprüngliche That", durch ihre Vermählung mit seiner Natur.¹) So bietet für Schleiermacher seine Anschauung von der Entstehung der Eigentümlichkeit durch die freie That des Menschen die Handhabe, das Ziel des sittlichen Handelns fest und sicher zu ergreifen.

Wie demnach vorhin in den Reden die Lehre Schleiermachers von dem Ursprunge der Eigentümlichkeit in einem

---
¹) cf. Monologen IV.

bestimmten Verhältnis zu der über das Ziel der Religion stand, so jetzt in den Monologen die von jener so ganz abweichende zu der über das Ziel des sittlichen Handelns. In dieser Beziehung zu der jedesmaligen Haupttendenz beider Schriften liegt nun auch offenbar der Wert der beiden verschiedenen Lehren. Derselbe ist daher nur ein relativer; an sich betrachtet, kann weder die eine noch die andere Ansicht wissenschaftliche Geltung für sich in Anspruch nehmen. Denn wir müssen über beide ein Ignoramus setzen, wenn anders wir nicht der Phantasie unerlaubten Spielraum gewähren wollen. Was nämlich die in den Reden angetroffene Darstellung betrifft, so hat man die, welche von einem sich Losreissen des unendlichen Bewusstseins u. s. w. spricht, eine mythologisierende genannt, und Schleiermacher hat sich hier in der That den Fehler des Mythologisierens zu Schulden kommen lassen, den er in der zweiten Rede so scharf rügt. Wenn er nun andererseits die Eigentümlichkeit aus der unermüdeten Selbsterschaffung und Selbstdarstellung der ewigen Menschheit hervorgehen lässt, so bedeutet das doch weiter nichts als: die Gattung erzeugt das Exemplar; die prinzipielle Verschiedenheit der einzelnen Exemplare ist jedoch damit nicht erklärt. — Von der in den Monologen angenommenen Freiheits-That des menschlichen Geistes ist es nicht recht abzusehen, in welchem Zeitpunkt sie denn ausgeführt werde. Soll sie in die uns bewusste Zeit unseres Lebens fallen, also etwa vom 4. oder 5. Jahre an, so ist es merkwürdig, dass uns keine Spur von Erinnerung an ein für unser Leben so bedeutendes Ereignis geblieben ist. Auch ist es im Grunde nicht möglich, dass die Entscheidung in eine so späte Zeit fällt, da dann schon unsere Eigentümlichkeit längst in ihrer Anlage und ihren Grundzügen bestimmt ist. Sollen wir dagegen auf eine Zeit zurückgehen, die vor allem Bewusstsein liegt, so weiss man nicht, wie der Vorgang ein sittlicher genannt werden kann und wie insbesondere das ethische Prinzip der Freiheit dabei thätig gewesen sein soll. Wahrscheinlich ist hier ein Einfluss der platonischen Lehre von der Wahl des irdischen Berufes (in der „Republik") oder der kantischen von der intelligiblen

That des Ich auf Schleiermacher zu konstatieren. Letzterer würde er dann eine neue Seite abgewonnen haben.

Wir können demnach keiner der beiden Vorstellungen Schleiermachers über den Ursprung der Eigentümlichkeit einen wissenschaftlichen Wert beimessen und werden hierin durch das spätere Verhalten Schleiermachers selbst bestärkt. Er kommt nämlich in keiner seiner übrigen wissenschaftlichen Werke auf jene beiden Ansichten zurück, ja er verleugnet sie, wenn auch nicht ausdrücklich, so doch thatsächlich. In der philosophischen Ethik nämlich, in der er sich über die Eigentümlichkeit so oft und eingehend ausspricht, sagt er von der Entstehung derselben nur, dass das Eigentümliche schon vor allem sittlichen Verfahren, sei es nun in der ursprünglich geeinigten Natur, oder, wenn man angeborene Differenzen nicht zugeben will, in dem vorsittlichen Lebenszustand entstanden sei.[1]) Ueber die nähere Art und Weise dieser Entstehung „vor allem sittlichen Verfahren" lesen wir nichts. Vollends in der Psychologie weist er da, wo er auf den Anfang der Existenz des Einzelwesens zu sprechen kommt, die Theorie, welche die Eigentümlichkeit aus der freien Selbstthätigkeit des Menschen erklären will, als ob jeder Mensch, wenn er geboren, noch alles werden könne, durchaus zurück. Vielmehr sei „schon in den ersten Anfängen des Daseins irgend ein Verhältnis der geistigen Funktionen prädeterminiert und die ganze Formel der Entwicklung angelegt." Diese Bestimmtheit und Anlage nun aber auch weiter nach ihrem Ursprunge anzugeben vermag Schleiermacher nicht: denn „weshalb aus einem Generationsakt ein solcher einzelner wird und aus einem andern ein anderer", diese Frage zu beantworten „ist eine Aufgabe, der wir gar nicht gewachsen sind." „Damit stehen wir an der geheimnisvollen Quelle der geschichtlichen Entwickelung der Menschheit, aber wir vermögen nicht in diese Geheimnisse einzudringen."[2]) Hier also hat er nicht mehr jene Zuversicht der Reden, die ihm von der Thätigkeit des „unendlichen Bewusstseins" oder des „lebendigen Geistes der Erde" so gute Kunde zu geben

---

[1]) Phil. Ethik ed. Schw. S. 94.   [2]) Psych. S. 267. 347.

schien. Und mit Recht fürwahr hat sein wissenschaftlicher Sinn jene Ausführungen, welche allenfalls zu dem rhetorischen Charakter der Reden und Monologen passen, nicht wieder aufgenommen. Denn bis auf den heutigen Tag hat man sich über die Entstehung der Individualität noch keine bestimmte wissenschaftliche Ansicht bilden können und wenn wir „die bedingenden Gründe der Eigentümlichkeiten" aufdecken wollen, so „betreten wir ein Gebiet, in welchem der bisherige Zustand unserer Kenntnisse uns nicht bloss keine Gewissheit, sondern häufig nicht einmal ein entschiedenes Urteil über die Wahrscheinlichkeit der Hypothesen gestattet, die wir wagen möchten."[1]) Und Lotze, der sich so ausspricht, weiss nur eine Reihe von Momenten herzuzählen, die bald mehr, bald weniger, bald vereinzelt, bald zusammen thätig, aber ohne dass wir im einzelnen Falle bestimmt anzugeben wussten, wie? ihren Einfluss auf die Bildung der Individualität geltend gemacht haben. Wie wir demnach von Schleiermacher über die Entstehung und das innere Wesen der Eigentümlichkeit keine befriedigende Antwort erhalten, so müssen wir selbst ebenfalls, aus dem doppelten Mangel, an Ueberblick über die unendliche Mannigfaltigkeit der menschlichen Entwickelung, wie an Tiefblick in die geheimen Kräfte und inneren Zusammenhänge der geistigen und materiellen Natur, auf eine solche verzichten. Nichtsdestoweniger werden wir, da die Thatsache, dass alle Menschen Eigentümlichkeit haben, feststeht, einiges mehr darüber zu sagen vermögen. Denn wenn die Eigentümlichkeit auch zu den elementaren Erscheinungen unseres Daseins, die als solche nicht weiter analysiert werden können, gehört, so schwebt sie doch nicht in der Luft, sondern vermittelt sich uns durch gewisse Kräfte, Eigenschaften und Funktionen unseres Ich; daher sie in psychologischen Systemen mit Recht einen Platz hat. So hat auch Schleiermacher uns jenes Faktum auf psychologischem Wege nahe zu bringen, ja ihm eine grossartig umfassende Begründung zu geben gesucht. Es ist folgende:

---

[1]) Vergl. Lotze, Mikrokosmus, II, S. 100 ff. 351 ff.

B. Psychologische Erklärung.
1. Der Inhalt der Eigentümlichkeit.
a) Der Inhalt als fertiger, ruhender.

Auf S. 236 der Psych. heisst es: „Wenn wir von der persönlichen Differenz reden, so meinen wir damit nichts anderes als das quantitative Verhältnis der verschiedenen Funktionen, welche die Einheit des Einzelwesens ausmacht, und das Verhältnis dieser Funktionen, welches ihnen in dem Ausser-uns entspricht, und wenn wir uns die Möglichkeit denken die persönliche Eigentümlichkeit in einer Formel auszudrücken, so würde es eine solche sein, die diese quantitativen Verhältnisse ausdrückt." Aehnlich lauten die Aussagen auf S. 239, 266, 255, 288.

Heben wir aus all den schwerfälligen, verklausulierten Sätzen die Punkte heraus, auf welche es ankommt. Den wichtigsten darin aufgestellten Begriff bilden „die einzelnen Lebensfunktionen", denn auf deren Verhältnissen soll ja die Eigentümlichkeit beruhen. Wir wollen daher diese Funktionen, wie sie Schleiermacher in seiner Psychologie entwickelt, näher betrachten. Was zunächst den Ausdruck „Funktionen" oder „Thätigkeiten" betrifft, so wählt ihn Schleiermacher im Gegensatz gegen diejenigen, welche von „Vermögen" der Seele sprechen. Er sieht durch diese letztere Benennung die Einheit des Subjektes gefährdet, indem dieses nur als die Arena erscheine, auf welcher die verschiedenen „Vermögen" wie Personen mit einander kämpfen. Darum spricht er selbst nur — in der Psychologie; dass er in der Dialektik den hier verurteilten Ausdruck dennoch gebraucht, können wir jetzt bei Seite lassen — von Funktionen oder Thätigkeiten der Seele und des Lebens und fasst sie unter der Einheit des Lebens oder des Ich zusammen. Es sind im einzelnen folgende:

Wir unterscheiden zuerst die geistigen oder Denk-, und die organischen oder Sinnesthätigkeiten. Aber wie haben wir sie zu unterscheiden? Wann können wir von organischen, wann von intellektuellen Thätigkeiten reden? Wenn wir sagen, dass die organischen beginnen, während die geistigen noch latitieren, dass diese aber allmählich jene überflügeln und sich unterordnen, so haben wir nur einen Uebergangsprozess, aber keinen Teilungsgrund, den wir doch haben müssen. Um diesen zu finden, geht Schleiermacher von dem Verhältnis des Einzelnen zum Ganzen aus und erhält dadurch den Unterschied der aufnehmenden und ausströmenden Thätigkeiten, die wir schon oben, aber unter einem andern Gesichtspunkte erwähnt haben. Um dieselben hier noch einmal kurz zu charakterisieren, so sind die ausströmenden Thätigkeiten Ausdruck des „In-dem-individuellen-Prozess-sich-Erhaltens"; sie beginnen in dem lebendigen Einzelwesen selbst und richten sich nach aussen. Die aufnehmenden Thätigkeiten sind Ausdruck, sei es des „in den universellen-Prozess-Eingehens", oder des „Eindringenwollens der Gesamtheit in das Einzelwesen"; jedenfalls beginnen sie von aussen her und bedürfen nur „der freien Empfänglichkeit des Einzelwesens, um eine bestimmte Gestalt zu bekommen."[1])

Das sind also die Thätigkeiten, welche einen Teilungsgrund für jene ersten, die organischen und intellektuellen, abgeben sollen. Wie geschieht das? Einfach, indem die organischen mit den aufnehmenden, die intellektuellen mit den ausströmenden identificiert werden. Wenn wir nun noch die Teilung der aufnehmenden in Wahrnehmung und Empfindung, der ausströmenden in Wirksamkeit und Darstellung berücksichtigen, so erhalten wir folgendes Schema:

1. die aufnehmenden oder organischen Thätigkeiten
   a) Wahrnehmung.
   b) Empfindung.
2. die ausströmenden oder geistigen Thätigkeiten
   a) Handlung und Wirksamkeit (philos. Ethik: organisierende Thätigkeit).
   b) Darstellung (philos. Ethik: symbolisierende Thätigkeit).

Diese am Anfange aufgestellte Einteilung hält freilich

---

[1]) Psych. S. 66.

Schleiermacher in der Folge nicht fest, sondern nimmt „einen ganzen Complexus von geistigen Thätigkeiten" zu dem „Cyclus der Sinnesthätigkeiten" hinzu, ja handelt in zwei Dritteilen des „aufnehmende Thätigkeiten" überschriebenen Abschnittes nicht sowohl von den organischen als von den „höheren intellektuellen" Funktionen;[1]) dazu befolgt er in dem zweiten Abschnitt des elementaren Teiles, wo er die ausströmenden Thätigkeiten behandelt, nicht mehr jene obige Einteilung.[2]) — Das sind zunächst nur formelle Mängel, wie wir sie bei Schleiermacher öfter finden, die wir daher nur der Vollständigkeit halber zu erwähnen brauchten, wenn sie hier nicht mit einem sehr bedeutenden sachlichen Fehler zusammenhingen. Schleiermacher irrt sich nämlich ebenso darin, dass er in den aufnehmenden und ausströmenden Thätigkeiten einen bestimmten Teilungsgrund für die organischen und intellektuellen gefunden zu haben, wie darin, dass er die aufnehmenden und organischen Thätigkeiten einander gleichsetzen zu dürfen glaubt.[3]) Denn jener Massstab der Teilung ist ein zu allgemeiner, nichtssagender, weil alles Mögliche einschliessender; der Gegensatz seiner Glieder dazu so unbestimmt und fliessend, — vergleiche, was wir unter No. I über Relativität zu sagen hatten — dass man nach ihm nicht teilen kann, wir vielmehr statt eines wirklichen Unterschiedes zwischen aufnehmenden und ausströmenden Thätigkeiten ebenso nur einen Uebergangsprozess wie bei den organischen und intellektuellen haben. Obschon ferner gemäss der oben erörterten Definition der aufnehmenden Thätigkeiten die organischen nie fehlen dürfen, da sie den Impuls von aussen zu vermitteln haben, so decken sich dennoch beide nicht in der Weise, dass man sie einfach identificieren kann, denn die aufnehmende Thätigkeit hat doch auch ihren intellektuellen Faktor. Es sind also falsche Prämissen, die bei Schleiermacher der Einteilung des psychologischen Systemes zu Grunde liegen, darum ist er gezwungen, sie in der Ausführung zu durchbrechen.

Soviel zur kritischen Orientierung über die Darstellungs-

---

[1]) Psych. S. 94, 95.   [2]) a. a. O. S. 243.   [3]) a. a. O. S. 75.

weise der Lebensfunktionen bei Schleiermacher. Solche Schwächen des Systemes heben jedoch an sich die Thatsache noch nicht auf, dass wir in dem obigen Schema „wirklich ein Bild von der Totalität des Lebens haben", und dass alle Thätigkeiten, welche Schleiermacher überhaupt in die psychologische Untersuchung aufzunehmen hat, darin beschlossen sind.[1]) Sie sind es daher, deren Verhältnis zu einander innerhalb des Ich, wie „zu dem Gesamtgebiet, dem sie angehören", wir kennen zu lernen haben: denn auf ihm in seiner jedesmaligen Verschiedenheit soll ja die Eigentümlichkeit beruhen.

Wir betrachten zuerst das Verhältnis der Funktionen zu einander, oder — was dasselbe ist: denn die einzelnen Funktionen müssen stets unter der Einheit des Subjektes zusammengefasst werden, — zu der Einheit des Lebens, dem sie angehören. Dieses Verhältnis ist ein quantitatives: denn in jedem einzelnen sind sämtliche, oben dargelegten Lebensthätigkeiten der Gattung vertreten. Wenn nun doch ein Unterschied zwischen den Einzelnen in Betreff derselben bestehen soll, so kann er sich nicht auf den gänzlichen Mangel dieser oder jener Funktion in dem einen noch auf das ganz neue Auftreten einer oder mehrerer Funktionen in dem andern, sondern lediglich auf ein andersartiges Gruppiertsein dieser Funktionen in jedem gründen. Das Gruppiertsein aber, worin kann es anders bestehen als in einem quantitativem Ueberwiegen einer oder mehrerer Funktionen über die anderen? Denn ein qualitativer Unterschied ist durch die Bestimmung ausgeschlossen, dass die Funktionen sämtlich vorhanden sein sollen; so bleibt also nur der übrig, dass der eine von dieser Funktion einen quantitativ grösseren Teil in sich trägt und in Anwendung bringen kann, der andere von jener. Das macht die persönlichen Differenzen. Damit ist nun aber auch der weitere Gedanke gegeben, dass in dem Einzelnen, für sich betrachtet, die Funktionen nicht alle in quantitativ gleichwertiger Weise sich zusammenfinden, sondern dass eine oder

---

[1]) Psych. S. 66 unten, 75 oben.

mehrere stärker vertreten sind als alle andern, daher man von einem Ueberwiegen einer oder mehrerer in demselben Menschen sprechen kann, so zwar, dass eine immer die vor allen andern hervorragendste sein wird. „Dieses hervorragende darin bezeichnen wir als Talent."[1]) Diejenige Funktion also, welche stärker als alle anderen in einem Menschen vertreten ist, macht sein Talent aus, welches demnach eine quantitive Grösse ist. Denken wir ein Beispiel: Es überwiege in einem Menschen die ausströmende Thätigkeit in der Form der Darstellung, so wird er ein produktives Talent auf dem Gebiete der Wissenschaft sein; es überwiege dieselbe in der Form des Handelns, so wird er ein produktives Talent auf dem Gebiete des praktischen Lebens sein. Weil in dem Einen dies, in dem Andern jenes stattbat, so sind sie von einander ursprünglich und begriffsmässig verschieden. So beeinflusst das Talent die Eigentümlichkeit.

Es ist aber als der Ausdruck des Verhältnisses der Funktionen unter einander bloss das eine Moment; das andere ist das Verhältnis der hervorragensten Thätigkeit „zu dem Gesamtgebiet, dem sie angehört und worauf sich ihre Wirksamkeit erstreckt."[2]) Versuchen wir einmal diesen mysteriösen Worten nach Analogie des über das Talent gesagten einen Sinn abzugewinnen, indem wir mit der Kritik noch zurückhalten. Also die Funktionen des Ich sollen einem Gebiete angehören, das doch offenbar ausser dem Ich liegt: denn es soll nach S. 236 ihnen „in dem Ausser-uns" entsprechen. Zu diesem Gebiete sollen sie auch in einem Verhältnis stehen, ja alle Funktionen im Ich sollen in einem solchen Verhältnis stehen, die einen stärker und lebendiger, die andern schwächer und gleichgültiger, eine jedoch jedesmal am stärksten und lebendigsten. Diese wirkt das hervorragendste Verhältnis, drängt die andern (Verhältnisse) zurück und entwickelt sich so zur Neigung. Man sieht, wie die Neigung ebenso wie das Talent quantitativen Ursprunges ist: denn das die Neigung erzeugende Verhältnis der einen Funktion zu ihrem Gesamtgebiete ist nicht allein vorhanden,

---

[1]) Psych. S. 239. [2]) ebendaselbst.

so dass im Ich weiter gar keine Verhältnisse von Funktionen zu ihren Gebieten im Nichtich wären, sondern sie sind alle, wie nur denkbar, da, aber sie werden zurückgedrängt von dem einen, welches das Uebergewicht hat und die Neigung feststellt. Neigung ist also nichts anderes als das über die andern hervorragende Verhältnis einer einzelnen Funktion im Ich zu dem Gesamtgebiet, welchem sie angehört, und auf das sich ihre Wirksamkeit erstreckt. In dem einen Menschen nun wird ein derartiges Verhältnis durch diese Funktion bedingt, in dem andern durch jene, in dem dritten wieder durch eine andere u. s. f. So entsteht eine unendliche Mannigfaltigkeit von Neigungen. Diese Mannigfaltigkeit ist das zweite Moment, auf dem die Eigentümlichkeit als die ursprüngliche, begriffsmässige Verschiedenheit der Menschen unter einander beruht.

Wir hätten also eigentlich nicht ein Verhältnis der Thätigkeiten, sondern zwei, nämlich das der Funktionen unter einander und das einer einzelnen zu dem Gesamtgebiet, dem sie angehört und auf das sich ihre Wirksamkeit erstreckt: Talent und Neigung. Auf beide zusammen, nicht auf eins für sich, gründet sich die Eigentümlichkeit: beide gehören eng zusammen und sind nicht ohne empfindlichen Nachteil von einander zu trennen. Das Talent kann sich ohne Neigung nicht ausbilden, Neigung ohne Talent ist unfruchtbar. Es ist aber auch selten, dass beide einander widersprechen: denn diejenige Funktion, welche in dem Verhältnis derselben unter einander das Uebergewicht hat und die übrigen zurückdrängt, wird auch in der Richtung nach aussen massgebend sein. Insofern sind beide Verhältnisse doch wieder eins.

Wir haben im Vorstehenden die psychologische Begründung, welche Schleiermacher seinem Eigentümlichkeitsbegriff giebt, darzustellen versucht und dabei den ganzen Aufbau seines Systemes im ersten Teile einer genaueren Berücksichtigung unterziehen müssen. Dieser erste, elementare Teil soll ja dazu dienen „vollständig und genau die einzelnen das psychische Leben konstituierenden menschlichen Thätigkeiten zusammenzustellen und in ihrer Zusammengehörigkeit und in ihrem Verhältnis zur Totalität so bestimmt als mög-

lich zu erkennen", damit dann der konstruktive Teil zeige,
„wie diese Elemente auf verschiedene Art zusammensein
können, erstens um ein einzelnes Leben, abgesehen von den
grossen Massen und Gruppen der Völker, und zweitens die
Charaktere dieser grossen Massen zu konstituieren." [1])
Wenn dies die Aufgabe der Psychologie Schleiermachers
ist, so kann man wohl sagen, dass ihm dabei der hier von
uns zu entwickelnde Begriff der Eigentümlichkeit sowohl
als Ausgangs- wie als Endpunkt vorgeschwebt habe. Offenbar hat Schleiermacher diesem ihm so wichtig scheinenden,
in bewusstem Gegensatz gegen die herrschende Zeitphilosophie von ihm vertretenen Begriffe eine feste wissenschaftliche Grundlage geben wollen. Dieser Versuch muss ihm
als Verdienst angerechnet werden. Um so mehr ist es
zu bedauern, dass die Ausführung dem Thema so wenig
gerecht wird. Denn was den elementaren Teil anlangt, so
ist es Schleiermacher nicht gelungen, „vollständig" und
„genau" die einzelnen, das psychische Leben konstituierenden Thätigkeiten zusammenzustellen. Nicht vollständig: denn
wenn man in Betreff des Verhältnisses der Thätigkeiten
unter einander in dem einen dieses Verhältnis, in dem
andern jenes u. s. f. denkt, ebenso in Betreff des Verhältnisses der Funktionen zu dem Gesamtgebiet, dem sie angehören und auf das sich ihre Wirksamkeit erstreckt, wieder
in dem einen dieses, in dem andern jenes u. s. f., so dass
man die einzelnen Funktionen in jeder nur denkbaren Weise
permutiert und combiniert, so wird man dadurch zwar eine
ganze Reihe verschiedenartiger Verhältnisse bekommen, aber,
wenn man sie an die Wirklichkeit mit ihrer unendlichen
Mannigfaltigkeit heranhält, dieser zahllosen Menge gegenüber mit jenen bald am Ende sein. Darum entbehrt die
Zahl der von Schleiermacher aufgeführten Seelenthätigkeiten
und der durch sie bedingten Verhältnisse durchaus der
Vollständigkeit. Aber auch der Genauigkeit. Weil nämlich
Schleiermacher sich von Kant der Wirklichkeit der Aussenwelt nicht wollte berauben lassen, hat er überall die Bezie-

---

[1]) Psych. S. 58.

hung des Ich zum Nichtich betont, aber nicht immer in den richtigen Grenzen: denn er hat die Bedeutung davon vielfach überschätzt. So in der Psychologie den Gegensatz von aufnehmenden und ausströmenden Thätigkeiten, der jene Beziehung ausdrückt, zum obersten Teilungsprinzip zu machen, war verfehlt, weil derselbe ganz allgemein und selbstverständlich, und darum so nichtssagend und so wenig charakteristisch ist, dass man daraus die prägnanten Unterschiede, auf welche es hier ankommt, unmöglich ableiten kann. Freilich nimmt er noch andere Thätigkeiten hinzu, aber alle Verhältnisse, die man aus ihnen kombinieren kann, haben etwas Unbestimmtes und Allgemeines, während doch gerade Eigenartiges gefordert wird. Wir wollen einmal eine konkrete Anwendung machen. Denken wir uns in einem Menschen als die in dem gegenseitigen Verhältnisse der Funktionen am meisten hervorragende die ausströmende Thätigkeit in symbolisierender oder darstellender Form, so kann die dadurch bestimmte Eigentümlichkeit, wenn wir das in der philosophischen Ethik über symbolisierende Vernunftthätigkeit Gesagte berücksichtigen, sowohl die des Gelehrten, wie des Dichters, des Künstlers, ja des Religionsstifters sein. Welches ist sie? Das wird abhängen von der Neigung d. h. von derjenigen Lebensfunktion, welche unter den diesen Gebieten, der Wissenschaft, Kunst u. s. w. angehörenden am meisten hervorragt. Welche ist das? dieselbe ausströmend symbolisierende? oder eine andere, aber welche andere? Es ist offenbar, dass uns hier schon die Terminologie Schleiermachers im Stiche lässt. Doch sehen wir noch davon ab und nehmen wir einmal an, die Neigung scheide den Gelehrten vom Dichter, Künstler und Religionsstifter. Was aber unterscheidet dann den Gelehrten vom Gelehrten, den Dichter vom Dichter u. s. w.? Hierauf giebt Schleiermacher folgende Antwort:[1] „Setzen wir das eigentümliche des Dichters in die Phantasie, so kann da der eine ein geringeres Quantum haben als der andere, und das konstituiert die Verschiedenheiten." Also den Dichter soll vom Dichter

---

[1] Psych. S. 237.

das grössere oder geringere Quantum von Phantasie unterscheiden; demnach den Gelehrten vom Gelehrten das grössere oder geringere Quantum von — nun etwa — Gelehrsamkeit, den Künstler und Religionsstifter von ihres Gleichen entsprechend. Aber giebt es denn nur kleinere und grössere Dichter, bedeutende und weniger bedeutende Gelehrte? Giebt es nur Grössenunterschiede, keine Artenunterschiede? Doch lassen wir auch hier den von Schleiermacher konstatierten Unterschied gelten. Aber wir müssen weiter fragen: Was unterscheidet den Gelehrten vom Gelehrten nicht als Berufsgenossen, sondern als Menschen, was also unterscheidet überhaupt Mensch von Mensch? Auch wieder ein Quantum? Ja, ein Quantum; das Quantum nämlich der Thätigkeitsverhältnisse. Hier haben wir den Hauptfehler der Darstellung Schleiermachers: Er will Qualität durch Quantität erklären. Die Thatsache, dass jeder Mensch ein eigentümlicher und als solcher von allen anderen ursprünglich und begriffsmässig verschieden, diesen qualitativen Unterschied will er aus den Verschiedenheiten quantitativer Verhältnisse von Lebensfunktionen ableiten. Wenn er es wollte, so hätte er jedenfalls nachweisen müssen, wie diese quantitativen Unterschiede die qualitativen erzeugen. Da dies nicht geschieht, so sieht man auch nicht recht ein, warum diese quantitativen Funktionsverhältnisse denn überall und immer als verschiedenartige auftreten. Wenn es blos auf Zahl und Grösse ankommt, warum soll nicht ein und dieselbe Funktion zugleich in mehreren ein ganz gleiches Verhältnis zu den übrigen Funktionen, wie zu dem Gesamtgebiet, dem sie angehören, bilden, so dass mehrere ganz dasselbe Talent und dieselbe Neigung besässen? Bei einer Begründung, wie sie Schleiermacher giebt, wird wirklich die Wahrscheinlichkeit für Gleichheit grösser als die für Eigentümlichkeit der Menschen unter einander.

Indess einen Vorzug scheint Schleiermachers Theorie dennoch zu haben: Nach ihr fehlt in keinem Menschen irgend eine Beziehung oder ein Verhältniss ganz, sondern jeder hat Teil, wenn auch nur ganz geringen, an allen Richtungen und Verhältnissen. Das scheint nun für die

Thatsache, dass wir, obwohl in einer bestimmten Hinsicht am meisten begabt und am lebhaftesten interessiert, dennoch nicht zu allem anderen gänzlich unfähig, noch dagegen vollständig verschlossen sind, eine sehr annehmbare psychologische Erklärung zu sein. Sie wird aber wieder, wie ich glaube, dadurch illusorisch, dass auf der andern Seite dem hervorragenden Element keine Schranke seines Ueberwiegens gesetzt ist; es steht zu besorgen, dass in einer so mechanischen Konstruktion sich Gesetze der Schwer- und Anziehungskraft geltend machen werden, dass das quantitativ Grösste alles für sich in Anspruch nehmen und alles andere leer ausgehen wird. Uebrigens tritt das Erkenntnismoment, welches auf dem quantitativen Ueberwiegen basiert, nicht blos in Schleiermachers Psychologie, sondern in seiner ganzen Philosophie zu Tage[1]), und darum wird es schon von Schaller, also vor Veröffentlichung der Psychologie, einer scharfen Kritik unterzogen: es sei so recht dazu angethan, urteilt er, die mechanische Weltanschauung Schleiermachers zur Darstellung zu bringen, welche in dem ganzen All schliesslich nur ein mechanisches Wechselspiel der Kräfte thätig und wirksam finde. Es trete in der Anwendung dieses Gesetzes vom Ueberwiegen der physische Anstrich des ganzen philosophischen Systems recht deutlich hervor.[2])

Nun hat allerdings in der Psychologie die Theorie der nur quantitativ verschiedenen Verhältnisse seit Herbart einen hervorragenden Platz eingenommen und es lassen sich aus ihr viele seelische Vorgänge und Erscheinungen sehr wohl erklären. Indess in ihrer Ausschliesslichkeit angewandt scheint sie mir grosse Mängel zu enthalten und zu berechtigten Ausstellungen zu veranlassen. In Betreff dieser verweise ich auf Lotze Mikrok. I, S. 182—210; Grundz. der Psych. 2. Teil 5. Kap. — Zeller Gesch. der deutsch. Phil. S. 851 ff.

Was die Individualität betrifft, so kann sie durch jene

---

[1]) Vergl. Schürer a. a. O. S. 6. Bender a. a. O. S. 79.
[2]) Schaller, Vorless. über Schleiermacher, Halle 1844, S. 173 ff.

Theorie nicht erklärt werden; das ist aber auch nicht nötig, da Herbart in seinen „Realen" ebenso wie Leibnitz in den „Monaden" das metaphysische Mittel zur Lösung solcher Schwierigkeiten gefunden hat. Schleiermacher jedoch operiert nicht mit einem derartigen Begriffe, daher fehlt ihm die ontologische Voraussetzung, auf Grund deren Herbart nur quantitative Verhältnisse kennt. Statt Vermögen der Seele setzt Schleiermacher Thätigkeiten oder Funktionen der Seele ein, weil bei jener Bezeichnung die Seele wie eine Arena erscheine, auf der die verschiedenen Vermögen mit einander kämpfen. Das wäre nun wohl noch der geringste Nachteil, den die Lehre von den Seelenvermögen hat: denn auch Schleiermachers und besonders Herbarts Darstellung macht die Seele zum blossen Schauplatz für das, was zwischen den einzelnen Funktionen resp. Vorstellungen geschieht. Gegen die Anwendung des Begriffes „Seelenvermögen" sprechen indess noch andere Gründe. S. Lotze Mikrok. a. a. O.

Schleiermacher aber hat diesen Begriff nicht gerade glücklich durch den der Thätigkeiten oder Funktionen ersetzt. Denn dieselben sind nichts unmittelbares und im Menschen ursprünglich vorhandenes, sondern nur ein Entwicklungsprodukt der Seele, welche sie nicht einmal rein aus sich selbst und ohne fremde Anregung ausübt. Wenn er nun wenigstens seinen „Thätigkeiten" bestimmte Bezeichnungen und fest umgrenzte Gebiete für ihre Wirksamkeit gegeben hätte! Aber im Gegenteil. Ein Blick auf das oben zusammengestellte Schema überzeugt von der ganz abstrakten Form, in der sie vorgeführt werden, einer Form, unter welcher der konkrete Gehalt, der durch sie begriffen werden soll, sich verflüchtigt und nicht in seiner spezifischen Bestimmtheit erfasst werden kann. Geht doch die Abstraktion manchmal so weit, dass man den Sinn der Worte erst aus der konkreten Anwendung erkennen kann. So ist es im Grunde mit dem ganzen zweiten die Eigentümlichkeit konstituierenden Momente. Denn wenn da die Rede ist von einem Verhältnis oder von einer Richtung der Funktionen auf das Gesamtgebiet, dem sie angehören und auf das sich ihre Wirksamkeit erstreckt, so würde man gar nicht wissen, was Schleiermacher darunter verstehe, wenn er nicht hinzusetzte, dass er den Begriff der Neigung damit meine. Soviel über den elementaren Teil. Der konstruktive soll bekanntlich zeigen, wie die im ersten Teile entwickelten Elemente auf verschiedene Art zusammen sein können. Wir dürften demnach erwarten, dass uns Schleiermacher, wenn auch nicht alle, so doch eine Anzahl jener „Funktions-Verhältnisse" in konkreten Lebensbildern vorführen und also angewandte Psychologie treibe. Doch nichts von dem. Aus einem sehr äusserlichen Grunde beginnt er mit einer „Massen-Individualität", der des weiblichen Geschlechtes und geht dann zur Begriffsbestimmung der Temperamente und des Charakters über. Die Geschlechtseigentümlichkeit lassen wir vorläufig bei Seite, um sie später im Zusammenhang mit den Massen-Individualitäten zu behandeln. Was aber Temperamente und Charakter betrifft, so gehören sie offenbar mit zu den Elementen, welche die Eigentümlichkeiten konstituieren, stehen also mit den „Thätigkeitsverhältnissen" des elementaren Teiles, Talent und Neigung, auf gleicher Stufe. Dies wird besonders deutlich bei dem, was Schleiermacher über die Temperamente sagt; sie werden ebenso auf ein Ueberwiegen von Thätigkeiten zurückgeführt und sind ebensogut „Thätigkeits-Verhältnisse", wie jene; nur dass die Kombination nicht mehr die Bedeutung hat, dafür tritt der Wechsel in der Zeitfolge ein. Die Temperamente beruhen nämlich 1) auf dem jedesmaligen Ueberwiegen von Rezeptivität oder von Spontaneität, 2) auf der grösseren oder geringeren Schnelligkeit, mit der jene Funktionen thätig sind und von einem zum andern Zeitmomente des Lebens fortschreiten; je schneller dies geschieht, um so kleiner sind die Momente, je langsamer, um so grösser. Indem nun Schleiermacher auf die von den Alten festgestellte Vierzahl zurückgeht, unterscheidet er sie folgendermassen:

1) Ueberwiegen der Selbstthätigkeit oder Spontaneität, daher Bestimmtheit durch dieselbe, verbunden mit Langsamkeit im Fortschritt (daher in grossen Momenten), giebt das phlegmatische Temperament; 2) dasselbe Ueberwiegen

der Selbstthätigkeit mit rascher Folge (daher in kleinen Momenten) das cholerische; 3) das Ueberwiegen der Empfänglichkeit oder Rezeptivität in grossen Momenten das melancholische; 4) dasselbe Ueberwiegen der Empfänglichkeit in kleinen Momenten das sanguinische.[1])

Doch sind die Temperamente nur „ein Produkt der Natur", eine natürliche Bestimmtheit an uns, daher nur von untergeordneter Bedeutung für die Ausbildung unserer Eigentümlichkeit; wenigstens dürfen sie es nur sein, wenn diese wirklich etwas wert sein soll. Wer sich ganz in der Gewalt des Temperaments befindet, bei dem hat das Leibliche einen zu grossen Einfluss auf das Psychische, es fehlt die feste Basis der Entwicklung und das innere Prinzip, er wird vom Augenblick und der jedesmaligen Stimmung in demselben abhängig. Hier bedarf es eines Correctivs. Als solches gilt Schleiermacher der Charakter. Da indess bei diesem nicht die Thätigkeitsverhältnisse, sondern das Bewusstsein in Betracht kommt, so lassen wir ihn hier bei Seite, um zuletzt noch einiges über den Abschnitt „Wertdifferenzen unter den einzelnen" zu sagen. Hier hat Schleiermacher zwar einen Ansatz gemacht, die vorgenommene Aufgabe zu lösen, indess leidet die Ausführung an folgendem Fehler:

Er geht von dem Gesichtspunkte aus, Wertdifferenzen zu bestimmen, Abstufungen, die einen Vorzug auf der einen Seite und ein Zurückbleiben auf der andern begründen, festzustellen, also die Eigentümlichkeit nicht nach ihrem Wesen, sondern nach ihrem Werte, ihrer Wirkung und Leistung zu bemessen. Dieser Gesichtspunkt ist ebenso einseitig, wie der, welchen Schleiermacher wiederholt verurteilt[2]), die Eigentümlichkeit nach der Moral zurechtzuschneiden. Während er letzterem abweist, ist er ersterem anheimgefallen. Er beurteilt die Eigentümlichkeit nicht sowohl danach, was sie als eine Eigenschaft an sich ist und in welcher Art sie sich äussert, als vielmehr danach, was sie als eine in dem Menschen angelegte Kraft wirkt und leistet.

Diese Auffassung leitet ihn auch bei seiner Ausführung

---
[1]) Psych. S. 303 ff. Vergl. Lotze Mikrok. II S. 351 ff.
[2]) Psych. S. 237. — Reden S. 95. 96.

über „die Wertdifferenzen." Die höchsten derselben sind das Heroische und das Geniale; ihr Vorzug aber und ihre Bedeutung vor andern hängen hauptsächlich von dem Erfolge, den sie haben, und der Leistung, die sie vollbringen, ab. Letztere sind am grössesten, wenn die Massen, über welche die heroischen und genialen Menschen hervorragen, noch unentwickelt sind. Wenn dagegen in ihnen die Entwickelung zur Bildung und Kultur fortschreitet, so verlieren sich jene „Wertdifferenzen", und es geht ein Assimilationsprozess zwischen den Einzelnen und der Masse vor sich. Darum wird, wenn wir uns in die Zukunft einer solchen sich entwickelnden Gesamtheit versetzen, „die Veranlassung, nach dem Grunde der Differenz der Einzelwesen zu fragen, in demselben Masse verschwinden, als die Differenz selbst verschwindet."[1]

Da haben wir nun einen der auffallendsten Widersprüche in Schleiermachers Schriften. Nach den zitierten Worten müsste ja die Eigentümlichkeit bei zunehmender Kultur und Bildung abnehmen, ja schliesslich ganz verschwinden, während es doch nicht bloss Thatsache ist, sondern auch von Schleiermacher, wie wir sehen werden, wiederholt behauptet wird, dass die Eigentümlichkeit gerade durch Kultur und Bildung sich ausprägte und zur Entfaltung und Wirksamkeit komme.[2]

An jener Stelle irrt sich übrigens Schleiermacher, wenn er meint, bei zunehmender Bildung assimilieren sich die Einzelnen und die Massen; wenigstens ist die Assimilation immer nur eine recht äusserliche.

Den Schluss endlich des konstruktiven Teiles bilden die „zeitlichen Differenzen der Einzelwesen". Das führt auf den zweiten Teil dieses Abschnittes, auf die Entwickelung der Eigentümlichkeit, die wir nunmehr besprechen wollen.

b) Der Inhalt der Eigentümlichkeit als gewordener.

„Die Differenzen beruhen", so heisst es auf S. 288 der Psych., „auf der Zeitlichkeit der Entwickelung, d. h. auf der

---

[1] Psychol. S. 347. [2] Vgl. auch Lotze a. a. O. II S. 99 f., 420.

zeitlichen Form des geistigen Seins in dem Zusammensein mit dem, was wir von Anfang an in unserer Betrachtung gesondert haben, indem wir nicht das ganze Leben untersuchten, sondern das physiologische beiseite liessen, und nur an das psychologische uns hielten." Eine Erklärung freilich, die dunkler ist als der zu erklärende Ausdruck. Nach dem weiteren Zusammenhang scheint sie besagen zu wollen, dass wir unser geistiges Sein nicht für sich, sondern im Zusammenhange mit der Leiblichkeit zu betrachten haben. Denn da die geistigen Funktionen sich nur an der Leitung der organischen entwickeln, so würden wir uns von Anfang an in Abstraktionen bewegen, wenn wir nicht von dem Zusammensein des geistigen und leiblichen und der Bedingtheit des ersteren durch das letztere ausgingen.[1]) Das bedeutet gewissermassen eine Einschränkung der auf Seite 288 gemachten Bemerkung, dass die Verschiedenheit auf der Mannigfaltigkeit des Verhältnisses der geistigen Funktionen beruhe. In der That hat, gerade wenn wir eine Entwickelung der Eigentümlichkeit annehmen, das Organische einen bedeutenden Anteil an der Bildung derselben, obwohl es auch hier dem Geistigen an Wichtigkeit nachsteht. Wenn wir nämlich im einzelnen diese Entwickelung verfolgen, so finden bei Schleiermacher folgendes darüber ausgesagt:[2])

„Von dem Punkte aus, wo der Mensch der animalischen Stufe am nächsten steht, arbeitet sich das Eigentümliche erst allmählich aus dem Universellen, aus dem Zustande der relativen Ungeschiedenheit des Identischen und Eigentümlichen heraus." Diese Ungeschiedenheit des Identischen und Individuellen bezeichnet Schleiermacher auch als „ein Minimum des Gegensatzes zwischen Empfänglichkeit und Selbstthätigkeit" oder als „eine unentwickelte Differenz derselben." Das führt uns wieder auf die Thätigkeiten der Seele und ihre gegenseitigen Verhältnisse zurück; und allerdings kommen sie auch hier am meisten in Betracht, da sie nun einmal von Schleiermacher als das Fundament der

---

[1]) Psych. S. 269.
[2]) Phil. Ethik S. 255. Psych. S. 87.

Eigentümlichkeit angesehen werden. Sind sie daher gleich bei der Geburt fertig ausgebildet, so ist auch die Eigentümlichkeit von vornherein eine vollendete. Entwickeln sie sich aber erst im Verlaufe des Lebens, so bedarf auch die Eigentümlichkeit zu ihrer Ausbildung und Vollendung der Entwickelung in der Zeit. Thatsächlich ist letzteres, nicht ersteres der Fall. Der Gegensatz der Thätigkeiten ist im Anfange ein Minimum, entwickelt sich nach und nach bestimmter, bis er an einem Punkte am stärksten hervortritt, um hernach wieder abzunehmen. Mit der Bestimmtheit der Gegensätze entwickeln sich auch die Verhältnisse der Funktionen. Auf diesen zeitlichen Verlauf macht Schleiermacher wiederholt aufmerksam [1]), er will ihn nicht aus dem Auge verlieren, und schildert ihn am Ende des konstruktiven Teiles der Psychologie in konkreter, an treffenden Beobachtungen reicher Darstellung; indem er nach den Lebensaltern scheidet: [2])

Bei dem neugeborenen Kinde bilden sich zuerst die Sinnesthätigkeiten aus. Der Gesichtssinn erscheint dabei als der am meisten leitende, und der Tastsinn als der am unmittelbarsten folgende Sinn. In dieser Zeit steht der Mensch der bloss animalischen Stufe am nächsten, über die hinaus die Aneignung der Sprache der erste sichtlich bedeutende Schritt ist. Wir haben in letzterer ein bestimmtes Hervortreten der Spontaneität, ja ein Erwecktwerden der Denkthätigkeiten durch die Mitteilung. Freilich „involviert das Auffassen von Bezeichnungen der Gegenstände noch nicht die Denkthätigkeit, die Namen sind nur Zeichen für die Bilder, und der Anfang ist nichts als eine Uebertragung der Bilder in die Sprache." [3]) Auch die Satzbildung können wir noch nicht als Beweis für den Anfang der Denkthätigkeit aufstellen, „da sie nichts als das bestimmtere Bezeichnen von Zuständen der Gegenstände und ihrem Verhältnisse zum Moment ist." [4]) Dagegen befindet sich das Kind nicht mehr

---
[1]) Psych. S. 40. S. 65.
[2]) ebenda S. 365—405.
[3]) ebenda S. 370.
[4]) ebenda S. 370 unten.

bloss im Gebiete der Bilder, sondern tritt aus ihm heraus, sobald es etwas spricht, was nicht als Bild, sondern nur als Begriff vorkommen kann, z. B. ethische Vorstellungen. „Sobald hier das Sollen von dem Werden und Wollen, das gute von dem angenehmen unterschieden wird, so ist die Denkthätigkeit im eigentlichen Sinne entwickelt"[1]), und ist von da an die leitende Kraft, jedoch in der Form überwiegender Rezeptivität und mit schnellem Wechsel in kurzen Momenten: denn das sanguinische Temperament muss im Kindesalter das herrschende sein, wenn die Entwickelung gesund vor sich gehen soll. Letztere ist, wie vom Temperament, so überhaupt noch stark vom Organischen abhängig, wie der Umstand beweist, dass die Gesundheit dieser Periode in dem richtigen Gleichgewicht zwischen den plastisch-organischen und den erkennenden Thätigkeiten besteht; daher ein unverhältnismässiges Hervortreten der Denkthätigkeiten in einem schwächlichen Körper als ein ungesundes Verhältnis angesehen wird.

Das Organische tritt vollends noch einmal mit ganzer Gewalt auf bei dem Eintritt in das jungfräuliche Alter im Geschlechtstrieb. Die ganze Entwickelung pflegt dadurch eine Störung zu erfahren und eine rückgängige Bewegung zu machen. In der Willensthätigkeit zeigt sich Mangel an Gehorsam und Neigung zu einer bloss negativen Selbständigkeit; dazu stellt sich geistige Trägheit und Neigung zur Zerstreuung ein, Leidenschaften werden mächtig. Gleichwohl müssen sich in dieser Periode alle die verschiedenen Zweige der Rezeptivität und Spontaneität in dem Erkennen und Bilden entwickeln, insbesondere das höchste: die Richtung auf Kunst und Wissenschaft. Denn immer wird die Art, wie sie sich der Jugend einbildet, als der Massstab angesehen werden nicht nur für die weitere Entwickelung des Einzelnen selbst, sondern auch für die Beurteilung der Masse, welcher er angehört. Da kommt dann nun alles darauf an, dass das Ende dieser Periode glücklich und normal schliesst. Hauptbedingung dafür ist, dass der Mensch

---

[1]) Psych. S. 371.

in physischer Hinsicht vollkommen frei geworden ist, dass seine Seele nicht in das Organische, d. i. hier die Geschlechtsfunktion, sich versenkt hat, so dass er in Wollust ausartet.[1]) Ferner muss in und nach dem Verlauf dieses Alters aus dem Uebergewicht der Rezeptivität, wie es im Kindesalter statt hat, ein Uebergewicht der Spontaneität über die Rezeptivität, welches im Mannesalter herrscht, werden, oder, wie sich Schleiermacher auch ausdrückt, aus dem sanguinischen Temperament der Kindheit durch die Vermittelung des melancholischen der Jugend das cholerische des Mannesalters.[2])

Wenn das organische Leben in einer Ehegemeinschaft seine Befriedigung gefunden, sowie, wenn die Selbstthätigkeit von der aufnehmenden nicht mehr so beherrscht wird, dass der Mensch sich allen möglichen Impulsen öffnet, sondern sich einem bestimmten Berufe mit Stetigkeit widmet, so tritt er nach Schleiermacher in das Mannes- oder „reifere Alter." Es ist des Lebens Höhe. Die Thätigkeit des Geistes und Körpers ist intensiv und extensiv die grösste, die Funktionen durchdringen sich harmonisch, Neigung und Talent gelangen zur vollen Kraft und Entfaltung. Der Mensch macht sich innerlich frei von den äusseren Einflüssen, eignet sich selbst die Leitung des Lebens und der ihn umgebenden Aussenwelt an und wird, obwohl Geschöpf, doch zugleich Schöpfer in seiner ausströmenden oder spontanen Thätigkeit; was namentlich der Fall ist, wenn die erkennende Thätigkeit die Kraft zur Bildung von Zwecken d. i. zur Vorbildung zukünftiger Momente hat. Jetzt erst kann er nun auch sich selbst und die Eigentümlichkeit seines Wesens vollenden und zu dem ihr adäquaten Ausdruck bringen. Jetzt erst tritt daher seine begriffsmässige, ursprüngliche Verschiedenheit von allen anderen in prägnanter Weise hervor, und zeigt sich nicht nur darin, dass er anders denkt und urteilt, fühlt und empfindet, will und handelt als jeder andere, sondern schafft sich äusserlich einen bestimmten, bleibenden

---

[1]) Psych. S. 350.
[2]) ebenda S. 351 f. Vergl. Lotze a. a. O. II S. 357 ff.

Ausdruck in der Physiognomie, wodurch zugleich die Wirkung, welche das Intellektuelle auf das Organische übt, offenbar wird. Wenn man darum „neugeborene Kinder nebeneinander stellt, so zeigt sich eine weit geringere Differenz in ihrer organischen Erscheinung als bei erwachsenen Personen, in den ersteren nur das allgemein menschliche, in den anderen die besondere Eigentümlichkeit."[1]) Und noch weiter geht der Einfluss der inneren geistigen Eigentümlichkeit auf das Werden der äusseren Persönlichkeit: denn er bleibt nicht lediglich bei der Person selbst stehen, sondern erstreckt sich sogar auf die Umgebung derselben, und wenn wir eine gewisse Kenntnis von einem Menschen haben, so finden wir auch sein Bild in der Art wieder, wie er seine nächste Umgebung einrichtet.[2]) So spiegelt sich gleichsam die Eigentümlichkeit im Menschen an ihm und um ihn her wieder.

Hierbei haben wir nun aber eine bemerkenswerte Thatsache zu konstatieren: das Hervortreten der Eigentümlichkeit in das Aeussere ist nicht blos der Art, sondern auch dem Grade nach ein verschiedenes. Es zeigt sich unter gewissen Bedingungen und in bestimmten Gruppen der Menschheit stärker als in anderen. Schleiermacher selbst macht darauf aufmerksam, dass die Verschiedenheiten in der grossen Masse schwächer als in den höheren Kreisen der Gesellschaft auftreten.[3]) Das will nichts anderes besagen, als dass die Eigentümlichkeit, die innere, wie deren Ausdruck, die äussere, abhängig ist von der Bildung, welche der Menge in geringerem Masse als den durch Wissen und soziale Stellung ausgezeichneten Gruppen unter den Menschen innewohnt. Denn es ist ein Gegenstand täglicher Beobachtung, dass mit wachsender Bildung die Gesichtszüge des Menschen an Ausdruck gewinnen, die Sprache sich moduliert, der ganze Habitus eigentümlicher sich gestaltet. Natürlich würden diese Wandlungen nicht statthaben können, wenn nicht zuerst das Innere des Menschen, dessen Widerschein jenes Aussere ist, durch die Bildung in geistiger und seeli-

---

[1]) Psych. S. 45.   [2]) S. 49.   [3]) Psych. S. 391.

scher Beziehung ein eigentümliches Gepräge empfinge. Wie kann es auch anders sein? Die Bildung ist ja das Hauptprodukt jener „Funktionsverhältnisse", welche in ihrer Mannigfaltigkeit unserem Begriffe die psychologische Grundlage geben, und sie kann nur da gedeihen und eine gewisse Höhe erreichen, wo die Entwickelung jener nicht gehemmt ist, wo insbesondere die geistigen Thätigkeiten ein sicheres Uebergewicht über die organischen erlangt und dem Geiste inneren Halt und sittliche Freiheit verliehen haben.

Das sind aber Bedingungen, welche von der Menge, die mehr oder weniger materiellen Lebensinteressen hingegeben ist, nicht in dem Masse erfüllt werden können, wie von denjenigen, deren Thätigkeit eine vorwiegend geistige ist, und die dadurch jener Masse weit überlegen sind; eine Ueberlegenheit, die sich am auffallendsten nach Vollendung des Mannesalters und im Greisenalter dokumentiert und wohl den grössten Segen, welchen die Bildung uns Menschen zu Teil werden lässt, darstellt. Denn je geringer die Bildung, desto zerstörender die Einwirkung des Alters; je bedeutender dagegen jene, desto schwächer diese: „auf alles, was von der Denkthätigkeit ausgeht und was vorher gedachtes Wollen ist, hat das eintretende Alter einen weit geringeren Einfluss. Daher erscheint in weit grösserem Massstabe, als dies bei dem anderen Lebensaltern der Fall ist, die Verschiedenheit zwischen den geistiger erregten Teilen der Gesellschaft und denen, welche mehr mechanischen Thätigkeiten zugewandt sind." Während man bei jenen „häufig eine fortwährende Stärke der geistigen Operationen und einen lebendigeren Anteil an Wissenschaft, Kunst, Religion und politischer Thätigkeit, als man nach dem Verhältnis der Organe erwarten sollte", bemerkt, sehen wir bei diesen „alle psychischen Thätigkeiten zurückgedrängt und geschwächt" und erhalten den Eindruck, „als ob das Psychische ganz abhängig wäre von dem Organischen."[1]

Nun ist die Bildung im wesentlichen Resultat des Unterrichts und überhaupt der Erziehung. Darum legt Schleier-

---

[1] Psych. S. 404.

macher mit Recht auf letztere ebenfalls grosses Gewicht, wo er von der Bedeutung der Eigentümlichkeit erfüllt ist. Es ergiebt sich ihm dabei ein doppelter Gesichtspunkt: Erstens ist es die Erziehung, durch welche die Eigentümlichkeit hervorgetrieben und zur Vollendung gebracht wird, so dass diese als das Produkt jener erscheint. Zweitens ist es die Eigentümlichkeit, auf welche die Erziehung Rücksicht nimmt, nach der sie sich zu richten hat, so dass hier die Eigentümlichkeit als das erste und als ein die Erziehung bestimmender Faktor erscheint. Beide Gesichtspunkte schliessen einander nicht aus. Denn der Sinn, welchen ich beide Male mit dem Begriffe der Eigentümlichkeit verbinde, ist in jedem Falle ein anderer. Denke ich mir die Eigentümlichkeit als Produkt der Erziehung, so meine ich die durch die Entwickelung der sämtlichen intellektuellen wie organischen Thätigkeiten vollendete und ausgebildete Eigenschaft, die der Mensch, wenn er auf der Höhe des Lebens steht, in sich trägt. Spreche ich dagegen umgekehrt von einem bestimmenden Einfluss der Eigentümlichkeit auf die Erziehung, so verstehe ich unter ihr die im Menschen gleich bei der Geburt vorhandene Anlage, auf Grund deren er von vornherein ursprüngliche, begriffsmässige Verschiedenheit von allen andern hat, die nur noch der Entwickelung mit Hülfe der Erziehung und Bildung bedarf, um für das menschliche Leben von Bedeutung zu werden.

Diese doppelte Weise vom Verhältnis der Eigentümlichkeit zur Bildung und Erziehung zu denken erscheint nicht nur uns heutzutage einigermassen selbstverständlich, sondern war auch zu Schleiermachers Zeit in der Pädagogik anerkannt. Die Berücksichtigung der Individualität im Zögling fordern seit Bako alle bedeutenderen Pädagogen und gerade während Schleiermachers Jugend wurde sie, besonders durch den Einfluss Rousseaus, einer der wichtigsten Grundsätze in der Erziehungslehre. Muss es uns daher nicht Wunder nehmen, wenn Schleiermacher am Ende des an pädagogischen Bestrebungen so reichen Jahrhunderts in seinen Reden die damalige Unterrichtsmethode mit den schwersten Vorwürfen überhäuft, eben weil sie von einer

Achtung der im Kinde angelegten Eigentümlichkeit nichts wisse? Eine „Sklaverei" ist sie ihm, in welcher „der Sinn der Menschen gehalten wird zum Behuf jener Verstandesübungen, durch die nichts geübt wird, jener Erklärungen, die nichts hell machen, jener Zerlegungen, die nichts auflösen." Obwohl sich damals die ganze gebildete Welt Deutschlands mit pädagogischen Fragen beschäftigt habe, so sei es dennoch „mit den Verbesserungen der Erziehung gegangen, wie mit allen Revolutionen, welche nicht aus den höchsten Prinzipien angefangen wurden; sie gleiten allmählich wieder zurück in den alten Gang der Dinge, ... die verständige und praktische Erziehung von heute unterscheidet sich nur noch wenig von der alten mechanischen."[1])

Zu den höchsten Prinzipien, welche nach Schleiermacher die damalige Pädagogik ignoriert hat, gehört unser Begriff. Da wir nun nicht wohl annehmen können, dass die grossen literarischen Erscheinungen sowie die praktischen Versuche auf dem Gebiete der Pädagogik, welche alle der Individualität mehr oder weniger Beachtung schenken, Schleiermacher gänzlich unbekannt gewesen seien, so haben wir vielleicht als Veranlassung seines Tadels irgend welche persönlichen Erfahrungen, die ihm teils in der Jugend teils nach seiner Studienzeit in Ostpreussen und Posen geworden waren, zu denken. Ueberhaupt werden die neuen Prinzipien, zur Zeit, als die Reden geschrieben wurden, nur in sehr geringem Masse, namentlich in den von der Aufklärung beherrschten Kreisen, Anklang und praktische Verwendung gefunden haben; wo sie aber ins Leben traten, da erregt oft die ganz geistlose, schablonenhafte Manier, mit der sie gehandhabt wurden, unser Missfallen. Darum geht Schleiermachers Tadel hauptsächlich auf die Rationalisten, „diese verständigen und praktischen Leute" und erscheint als Teil seiner Polemik gegen den ganzen Rationalismus. Von welchem Gesichtspunkte aus wir indess auch jene Auslassungen aufzufassen haben, jedenfalls hat sich Schleiermacher durch

---

[1]) Reden ed. Pünjer S. 154. 168.

sie wie weiterhin durch seine Erziehungslehre ein grosses Verdienst um die Entwicklung der Pädagogik in unserem Jahrhundert erworben.

Mit diesem Ausblick in die eminent praktische Bedeutung unseres Begriffes, die wir jedoch hier nicht weiter verfolgen können, schliessen wir den Abschnitt über die Entwickelung der Eigentümlichkeit auf Grund der „Funktionsverhältnisse" und gehen zur Analyse des Bewusstseins über, welches für den Begriff der Eigentümlichkeit von eben solcher Wichtigkeit ist, wie die verschiedenen Verhältnisse und Richtungen der Seelenthätigkeiten. Denn ohne Bewusstsein giebt es keine Eigentümlichkeit. Ersteres ist die stets notwendige Form, in welcher letztere erscheint.

2. Die Form der Eigentümlichkeit (das Bewusstsein).

a) Die Form als fertige.

Nach dem Bisherigen diente zur psychologischen Erklärung für die ursprüngliche, begriffsmässige Verschiedenheit der Menschen unter einander die Mannigfaltigkeit quantitativer Verhältnisse der seelischen Thätigkeiten.

Diese Verhältnisse entbehrten nun aber ganz des Lebens, blieben tot und würden sich überhaupt gar nicht gestalten können, wenn sie nicht von derjenigen Zentralthätigkeit des Geistes begleitet und geleitet würden, welche das Uebergewicht des Geistes über die Materie am deutlichsten beweist, welche „in jedem Organismus die Lebenseinheit und gleichsam den Ort der geistigen Thätigkeiten" bildet[1]) und daher der wichtigste Faktor und der eigentliche Träger des geistigen Seins und Lebens in jedem Menschen ist: von dem Bewusstsein. Kennt doch Schleiermacher im Grunde überhaupt nur diese eine Thätigkeit des menschlichen Geistes, von der sämtliche übrigen geistigen Thätigkeiten nur Modifikationen sind. Das Bewusstsein ist ihm „der Zentralpunkt, die Art und Weise des Geistes zu sein in der Einheit mit der Organisation"[2]), und stellt die Ein-

---

[1]) Psych. S. 42.   [2]) Psych. S. 35.

heit des Ich dar, welche die psychologische Darstellung nicht aus dem Auge zu verlieren hat.

So bestätigt denn Schleiermacher später in wissenschaftlicher Form, was er gleich am Anfang in rhetorisch begeisterter verkündigt hatte, indem er es in den Monologen aussprach, dass keine Eigentümlichkeit sei ohne das Bewusstsein derselben. Nicht die Thatsache, dass „jeder Mensch auf eigene Art die Menschheit darstellen soll", sondern der Gedanke, die Erkenntnis dieser Thatsache — so lesen wir — ist es, welche Schleiermacher am meisten erhebt. Erst die Erkenntnis des eigenen Wesens leitet Talent und Neigung in die richtige Bahn, giebt Gewissheit über Bestimmung und Beruf, heiteren, ruhigen Blick in alle Verhältnisse des Lebens von Vergangenheit, Gegenwart und Zukunft; erst das Wissen um des Freundes wie um die eigene Individualität legt für die Freundschaft den rechten Grund und zeigt ihr das rechte Ziel.

Nun giebt es verschiedene Arten oder, sagen wir besser, Richtungen des Bewusstseins: denn es ist ein und dieselbe Funktion, welche überall thätig ist, aber je nach der Beziehung und Richtung, in welcher dies geschieht, ein entsprechendes Attribut erhält. Wir unterscheiden auf diese Weise zunächst subjektives oder Selbst- und objektives oder gegenständliches Bewusstsein.[1]) Durch das subjektive Bewusstsein, welches auch Selbstbewusstsein heisst, weil es das Wissen um und in Beziehung auf das Subjekt des Wissens selbst ist, werden wir uns unserer selbst, unserer eigenen Thätigkeiten und Zustände bewusst; es ist diejenige That unseres Geistes, vermöge deren wir unser Sein als ein eigenes, besonderes erkennen und unsere Existenz von allen anderen der Menschheit sowohl wie der Aussenwelt überhaupt unterscheiden. Demgegenüber ist das objektive Bewusstsein im Menschen das Wissen desselben von etwas anderem, was als Gegenstand, Objekt vor ihn hintritt. In ihm werden wir uns der gesamten, mit unserem Sein in Verbindung tretenden Aussenwelt bewusst. Weil dies aber nicht ge-

---

[1]) Psych. S. 87.

schieben kann, ohne dass wir unser eigenes Sein dem entgegensetzen und es von allem, was uns im objektiven Bewusstsein entgegentritt, unterscheiden, so ist objektives Bewusstsein nicht ohne subjektives, sondern beide sind in und mit einander thätig und die Ausbildung des einen ist nicht denkbar ohne das andere; es ist eben eine Thätigkeit, die hier nur verschiedene Richtungen annimmt.

Weiter unterscheidet Schleiermacher, wenn er auch nicht gerade diese Ausdrücke gebraucht, objektives Bewusstsein im weiteren und im engeren Sinne. Jenes ist die Richtung unseres Wissens auf das Ausser-uns insgesamt, dieses diejenige auf die menschliche Gattung; darum heisst es Gattungsbewusstsein. Diese besondere Art des objektiven Bewusstseins hat für uns hier grössere Wichtigkeit als letzteres im allgemeinen. Denn

Erstens ist es das Gattungsbewusstsein, welches im Menschen Lebenserhöhung und Lebenserweiterung wirkt[1]), oder genauer thut dies die subjektive Seite desselben. Schleiermacher unterscheidet nämlich am Gattungsbewusstsein zwei Richtungen, eine objektive und eine subjektive. Objektives Gattungsbewusstsein ist das Wissen um die allen gemeinsame, in ihnen identische menschliche Natur. Darauf gründet sich die Thätigkeit des Denkens und Sprechens. Subjektives Gattungsbewusstsein ist das Wissen um das in jedem Menschen von anderen Unterschiedene, ihm Eigentümliche seiner Natur, so jedoch, dass diese Natur auch in ihrer Verschiedenheit als zur menschlichen Gattung gehörig anerkannt wird. Daraus entspringen die Gefühle, besonders die geselligen, und der Gipfelpunkt ist das religiöse Bewusstsein.[2]) — Das subjektive Gattungsbewusstsein haben wir also als das zu denken, welches unser Leben erhöht und erweitert, indem „wir aus einem Zustande bloss selbstischer Bestimmtheit des subjektiven Bewusstseins in eine Bestimmtheit desselben als Gattungsbewusstsein übergehen."[3])

Zweitens kommt es uns hier auf das Verhältnis des Selbstbewusstseins, nicht zum objektiven überhaupt, sondern zum

---

[1]) Psych. S. 188.   [2]) ebenda 189 ff.   [3]) ebenda S. 188 oben.

Gattungsbewusstsein an. Diese beiden Richtungen des Bewusstseins bestimmen in ihrem gegenseitigen Verhältnisse die Eigentümlichkeit des Menschen und bringen sie ihm zur eigenen Erkenntnis. Dabei haben wir jedoch in Betreff des Gattungsbewusstseins wieder eine Einschränkung zu machen. Ein so weiter Gesichtskreis nämlich, wie dieses als Wissen um die gesamte menschliche Gattung auf Erden umfasst, wird in der Wirklichkeit selten in Betracht kommen. Viel wichtiger als die Zugehörigkeit zur menschlichen Gattung ist in concreto für den Einzelnen diejenige zu einem bestimmten Teile derselben, also zu einer bestimmten Rasse und zu einem bestimmten Volke und dessen Lande. Namentlich die letzte ist die allerentscheidendste Beziehung. Denn ich werde zwar als Mensch geboren, aber zugleich als Deutscher oder Franzose u. s. f.; ebenso ist die Sprache, welche ich als Kind erlerne, zwar eine von Menschen ausgebildete und nur unter Menschen anwendbare, aber zugleich ist es das von meinen Eltern und in meinem Vaterlande gesprochene, bestimmte einzelne Idiom, dessen Verständnis zunächst an Land und Volk gebunden ist. Wie so der Mensch der Geburt und Sprache nach, so ist die ganze spätere Gestaltung seines Lebens und die Bildung seiner Persönlichkeit von der nationalen Bestimmtheit abhängig. In den bei weitem meisten Fällen und wichtigsten Beziehungen des Lebens wird es sich so verhalten und der Ausnahmen davon giebt es, wie die Geschichte lehrt, nur eine verschwindende Zahl.

Auf diese Thatsachen bezieht sich diejenige Richtung unseres Bewusstseins, welche Schleiermacher, indem er die Völker im Gegensatz zu ihren einzelnen Angehörigen als Gesamtheiten bezeichnet, Gesamtbewusstsein nennt, und welche wir als eine Unterart des Gattungsbewusstseins anzusehen haben. Der Bedeutung der Gesamtheit entspricht die des Gesamtbewusstseins. Es wird viele Augenblicke und Verhältnisse im Leben geben, wo es notwendig und wesentlich ist, dass ich mich als zur menschlichen Gattung gehörig fühle, als Mensch denke und handele und meines Weltbürgertums mir bewusst bin. Zahlreicher jedoch und für mein Leben wichtiger werden die sein, wo ich mich als

Glied meines Volkes weiss, als solches mich zeige und die Pflichten und Rechte, welche mir als Bürger meines Staates zukommen, kenne und erfülle. Wenn wir demnach oben sagten, es komme uns hier auf das Verhältnis des Selbstbewusstseins zum Gattungsbewusstsein an, so drücken wir uns auf Grund der vorstehenden Erörterung dahin aus, dass es, wie auf das Verhältnis des Selbstbewusstseins zum Gattungsbewusstsein im allgemeinen, so speziell auf dasjenige des Selbstbewusstseins zum Gesamtbewusstsein in jedem Menschen bei Ausbildung und Vollendung seiner Eigentümlichkeit ankomme.

Wie aber hat sich nun dieses Verhältnis des näheren zu gestalten? — Es muss, um das Resultat vorweg zu nehmen, zu einer harmonischen Vereinigung zwischen Selbst- und Gattungs- resp. Gesamtbewusstsein werden; beide Hauptrichtungen des Bewusstseins, die auf den Einzelnen im Selbst-, und die auf das Ganze und Allgemeine im Gattungs- und Gesamtbewusstsein, dürfen einander nicht ausschliessen. Freilich neigen sie dazu, da sie gewissermassen ihrer Natur nach ebenso wie das Einzelne und Allgemeine, Individuelle und Identische auseinandergehen. Wir werden dabei an das unter No. I S. 12 ff. Ausgeführte erinnert, indem das gegenseitige Verhältnis von Selbst- und Gattungs- resp. Gesamtbewusstsein Analogie und Folge des oben erörterten von besonderem und allgemeinem, individuellem und identischem Sein ist; nur dass wir jetzt das Wissen des Menschen um, seine Einsicht in diese Wechselbeziehungen in den Vordergrund zu stellen haben. Wie wir oben die Relativität der Gegensätze von Einzeln-Allgemein, Individuell-Identisch zu betonen hatten, so jetzt die Relativität der darauf bezüglichen Richtungen im Bewusstsein; nur dass wir hier noch hinzusetzen: ihre Relativität hat sich dadurch zu verwirklichen, dass der Mensch in seinem Denken beide Beziehungen mit einander harmonisch vereinigt: Gattungs- und Gesamtbewusstsein nicht ohne Selbstbewusstsein und Selbstbewusstsein nicht ohne Gattungs- und Gesamtbewusstsein. Das ist der massgebende Kanon, wenn das Bewusstsein, diese Zentralthätigkeit des menschlichen Geistes, seine in ihm liegende Bedeutung und Wichtigkeit für das Leben behaupten soll.

α) **Gattungs- und Gesamtbewusstsein nicht ohne Selbstbewusstsein.** Denn wer nur jene hat, so dass ihm dieses abgeht, dem fehlt der Mittelpunkt, um den er seine Gedanken gruppieren, der bestimmte Zielpunkt, in Beziehung auf den er die Zwecke seines Wollens und Handelns feststellen und überhaupt sein ganzes Leben einrichten kann. Eines solchen Mittel- und Zielpunktes bedarf aber der Mensch für sein Denken und Thun deshalb, weil er von Natur nicht darauf angelegt ist, dass er alles Mögliche je nach Wunsch und Willkür zugleich zu ergreifen und auszuführen und bald zu dieser bald zu jener Thätigkeit des Lebens sich hinzuwenden und sie zu betreiben vermag; vielmehr beschränkt ist jedes noch so bedeutende Talent, beschränkt jede noch so lebendige, ins Grosse gehende Neigung, und unmöglich ist es, dass einer alles mit seinem Können und Wollen umfasst. Diese Beschränktheit unserer Natur in ihren Gaben und Mitteln legt uns die Pflicht der Beschränkung auf, da sie offenbar nur eine Thätigkeit zur Folge haben kann, die, wenn sie von Erfolg begleitet sein soll, sich innerhalb gewisser Grenzen zu halten und in einem bestimmten Kreise zu bewegen hat. Aber innerhalb welcher Grenzen, in welchem Kreise? — Das zu bestimmen ist Sache des Selbstbewusstseins im Menschen, welches als Wissen um sich selbst, Erkennen seines eigenen Wesens all seinem Wollen und Wirken voraufgehen und ihm zu Grunde liegen muss, damit dieses in die richtige Bahn geleitet, auf das für ihn geeignete Ziel gerichtet werde und des entsprechenden Erfolges nicht entbehre; wie denn überhaupt ohne das Selbstbewusstsein die aus der Beschränktheit unserer Kräfte resultierende Selbstbeschränkung gar nicht denkbar ist: Denn der Mensch hat dann keinen festen Halt in sich selber, sein Sinn schweift mass- und ziellos ins Weite, ohne sich auf etwas Bestimmtes beschränken und um etwas Wirkliches bemühen zu können; es schwindet ihm sein Leben unter seinen Händen dahin, er greift bald nach diesem bald nach jenem, aber bei keinem harrt er aus, weil seine Phantasie ihm etwas Anderes, Fremdes als besser und begehrenswerter vorspiegelt und er — das ist besonders charakteristisch — sich selbst und seiner Kraft misstraut.

Darum legt Schleiermacher der auf das Erkennen des eigenen Wesens ausgehenden und dadurch das Selbstbewusstsein fördernden Selbstbetrachtung so hohen Wert in den Monologen bei. Und hier werden wir zugleich noch auf einen weiteren Gesichtspunkt aufmerksam, den wir als erfreuliche Frucht eines lebendigen Selbstbewusstseins bezeichnen können. Wo Schleiermacher von dem Ideal echter Freundschaft spricht, da ist es der Einblick in das eigene Wesen, der allein das Wesen anderer erschliesst und zur Beurteilung fremder Eigentümlichkeit den Massstab liefert. Wem dagegen jener Einblick in sich selbst fehlt, der vermag — so lesen wir in den Reden[1]) — auch nichts ausser sich in dessen eigentümlicher Natur und von dessen eigenem Mittelpunkte aus und in Beziehung auf ihn zu betrachten und es dadurch in seinem eigenen Wesen und bestimmten Dasein zu begreifen. So geht es den Rationalisten, diesen „verständigen" und „praktischen" Leuten, welche mit förmlicher Wut auf das Verstehen und Erklären dringen, aber in kläglicher Schwäche eigentümliches Leben nicht zu würdigen wissen: denn nur einen Gesichtspunkt und einen Massstab haben sie für alles, den legen sie mechanisch an alle Mannigfaltigkeit und verwandeln sie dadurch in jene traurig öde Einförmigkeit, welche der lebendigen, konkreten Welt- und Lebensanschauung Schleiermachers so über alles verhasst ist. Ihm gilt das Allgemeine, wenn es nicht in die Form und Darstellung des Besonderen und Einzelnen eingeht, als ganz einförmig, leer und erbärmlich, ja als nicht wirklich existierend.[2]) Die zahllosen Einzelexistenzen haben allein Wirklichkeit und Leben, die besonderen Daseinsformen in ihrer unendlichen Mannigfaltigkeit repräsentieren uns die Welt. Ohne sie werden Allgemeinheit und Gesamtheit zu leeren, toten Begriffen. Es geht daher nicht an, den Blick nur auf diese zu richten und dabei jene zu übersehen; der-

---

[1]) Reden ed. Pünjer S. 7. (II. Aufl.); S. 161. 274. 275. (I. Aufl.).
[2]) ebenda S. 96. 97; 168; 50. (II. Aufl.).

selbe muss vielmehr zu allererst immer auf dem Einzelnen mit seiner Betrachtung ruhen und kann dann erst zum Ganzen und Allgemeinen weiterschreiten. Nur Gattungs- und Gesamtbewusstsein zu haben ohne Selbstbewusstsein ist verkehrt; vielmehr erst Selbst-, dann Gattungs- und Gesamtbewusstsein. Ja ohne Selbstbewusstsein wird sich auch das Ganze und Allgemeine, auf das ihre, wie die Rationalisten meinen, universelle Thätigkeit gerichtet ist, ihrem Sinne verschliessen. Denn es ist nicht ein aus zahlreichen Einzelbeobachtungen und -anschauungen von ihnen selbst erzeugter und dadurch lebendiger und konkreter, sondern ein von aussen an sie herangebrachter, ihrem Innern fremder und darum toter und abstrakter Begriff. Als solcher aber fesselt er nicht, sondern lässt kalt und stösst sogar ab. Er wird als drückende Last empfunden und der Mensch weiss nicht recht, warum er ihn über sich dulden soll, sucht ihn daher abzuthun. Gerade so geht es jenen. Weil ihre allgemeinen Prinzipien nicht aus dem konkreten Leben gewonnen, sondern als Gesetze an sie herangebracht sind, so lassen sie die aus ihnen fliessenden allgemeinen Regeln nicht gelten, ohne beständig Ausnahmen zu machen, und gestatten moralische, politische oder religiöse Bekenntnisse nur soweit, als sich jeder dabei denken kann, was er will.[1]) So fallen sie dem falschen Individualismus anheim, der ihnen jeden grossen Gesichtspunkt, jeden Sinn für die wirklichen Aufgaben und Pflichten, welche sie der Gesamtheit schuldig sind, raubt und sie in Thatenlosigkeit und Zerfahrenheit endigen lässt.

Auf diese Art sind sie nun aber denen gleich geworden, an welchen es sich zeigt, dass

β) Selbstbewusstsein nicht ohne Gattungs- und Gesamtbewusstsein sein darf, welche nämlich von vornherein sich niemals über die Schranken ihres Ich erhoben und keinen Blick für das Ganze und Allgemeine gehabt haben. Diese haben das Selbstbewusstsein auf Kosten des Gattungs- und Gesamtbewusstseins ausgebildet, ihr Einzeldasein mit seinen Pflichten und Bedürfnissen, Leistungen und Rechten von dem

---

[1]) Reden S. 267 ff.

Leben der Gesamtheit losgetrennt, aber damit lediglich zu
ihrem eigenen Nachteil gehandelt und die für ihr Dasein
und dessen Entwickelung notwendigste Bedingung vernachlässigt.
An ihnen wird es daher offenbar, dass, wie soeben
Gattungs- und Gesamtbewusstsein nicht ohne Selbstbewusstsein,
so jetzt erst recht dieses nicht ohne jene beiden sein
kann. Schon oben nämlich unter No. I, S. 12 ff. ist festgestellt,
dass das einzelne Ich nicht für sich ohne die fortwährende
Beziehung zu den übrigen Ichs existieren könne. Fragen wir
hier nach dem Grunde, so ist es vor allem der, dass das
Ich von der in allen gemeinsamen Vernunft nur einen Teil
zur Darstellung und Entfaltung bringt, dass es daher nur
ein „Vernunftpunkt" ist. Dementsprechend machen die Aufgaben
und Leistungen des Einzelnen auch nur immer einen
Teil von denen der Gesamtheit aus, und wir haben hier
von neuem zu konstatieren, dass eine gewisse Beschränktheit
des Wollens und Handelns nun einmal zur menschlichen
Natur gehöre, so dass sie keiner verleugnen kann, sie sich
vielmehr gerade in bedeutenden Momenten am meisten
geltend macht. Aus dieser Beschränktheit folgte vorhin, als
zu den Grundgesetzen unseres Lebens gehörig, die Selbstbeschränkung.
Aber nun kommt es darauf an, dass das in
dieser mächtige Selbstbewusstsein die beiden andern Richtungen
des Bewusstseins nicht verdränge und unterdrücke,
und so aus Selbstbewusstsein „selbstisches Bewusstsein"
werde, oder mit andern Worten, dass die Beschränkung
nicht in Vereinzelung übergehe. Dieselbe Beschränktheit,
welche der menschlichen Natur eigen, verlangt jene, aber
verwirft diese. Denn wie darf sich der beschränkte Mensch
vereinzeln, da er doch fürchten muss, durch diese Vereinzelung
noch mehr beschränkt und ganz einseitig zu werden?
Aber wird nicht durch jene Beschränkung, die so notwendig,
die Vereinzelung, die so fehlerhaft erscheint, miterzeugt?
Ist beim Festhalten jener diese ganz zu vermeiden? — Man
muss unterscheiden zwischen Beschränkung der Thätigkeit
und Beschränkung des Sinnes. Jene ist dem Menschen von
Natur geboten: denn um irgend etwas vorwärts zu bringen,
um sich selbst zu bilden und zu vervollkommnen, vor allem,

um auf irgend einem Gebiete die Meisterschaft zu erwerben, giebt es nur das eine Mittel, sich zu beschränken und seiner Thätigkeit eine feste Richtung zu geben. Das ist die grosse Forderung, mit der auch die Besseren unter Schleiermachers Zeitgenossen, müde, das fruchtlose Herumfahren länger mit anzusehen, hervortreten, und der sich Schleiermacher aus voller Seele anschliesst. Aber nicht ebenso steht es mit der Beschränkung des Sinnes; diese ist verboten. Der Sinn also, d. h. das allgemeine Interesse, welches der Mensch der Aussenwelt entgegenbringen muss, wenn er Wahrnehmungen, Eindrücke von ihr in sich aufnehmen will, darf nicht beschränkt und in einem bestimmten Kreis gebannt, sondern muss „für alles, was nicht der betreffende Mensch selbst ist, geöffnet sein", so tönt es uns aus den Monologen entgegen, und in den Reden hallt es wieder: „Wirket auf die Einzelnen, aber mit Eurer Betrachtung hebt Euch höher zu der unendlichen, ungeteilten Menschheit."[1]) Das ist eine unmoralische Betrachtungsweise, die immer nur Einzelnes mit Einzelnem vergleicht und nicht den ganzen Zusammenhang, in welchen es hineingehört, überschaut, noch „eines jeden an der Stelle, wo es steht, sich erfreut." Da ist eine unwürdige Beschränkung, wo Schärfe und Weite des Sinnes fehlt. Diese Schranke muss jedenfalls durchbrochen werden; die anschauende Kraft muss von ihrem ganzen Reiche Besitz nehmen und die Gegenstände müssen auf alle Weise mit dem Menschen in Berührung gesetzt werden.

Und doch ist die im Intellekt sich vollziehende Vereinzelung noch die mildeste Form derselben und pflegt eine Folge geringerer geistiger Beanlagung überhaupt zu sein. Dagegen bricht Schleiermacher entschieden über diejenigen den Stab, welche, obwohl sie Schärfe und Weite des Sinnes zur Genüge haben, doch absichtlich ihr ganzes Einzelleben aus dem Zusammenhange mit dem Allgemeinen losreissen zu sollen glauben. Ein solches Beginnen erscheint ihm krankhaft und abenteuerlich, da schon die blosse Existenz des Einzelnen nur in Verbindung mit der Gesamtheit und aus ihr heraus

---

[1]) Reden S. 95. 168.

zu verstehen ist.[1]) Es kann daher nur eine krankhafte Abweichung sein, „welche einen von dem gemeinschaftlichen Leben mit allen, unter welche ihn die Natur gesetzt hat, so ausschliesst, dass er keinem grösseren Ganzen angehört."[2]) Was würden wir z. B. dazu sagen, wenn jemand auf dem Gebiete des Staates und der Geselligkeit erklärte, er habe in der bestehenden Verfassung und Gesellschaftsordnung nicht Raum, sondern, um seine Eigentümlichkeit zu bewahren, müsse er sich isolieren von der Gesellschaft?

Eine solche Isolierung pflegt nun freilich nicht selten auf dem Nebengedanken eines damit verbundenen Vorteiles, also auf dem Eigennutz und der Selbstsucht zu beruhen. Darum ist sie nicht blos krankhaft und abenteuerlich, sondern geradezu unsittlich und nach der Lehre des Christentums der Ursprung alles Uebels. Soweit also führt das selbstsüchtige Streben der individuellen Natur, die sich überall aus dem Zusammenhang mit dem Ganzen, um etwas für sich zu sein, losreisst, dass es alles Uebel, selbst dasjenige, dass das Endliche vergehen muss, ehe es den Kreis seines Daseins vollständig durchlaufen hat, erzeugt.[3])

So bestätigt sich uns denn, was wir oben als blosse Behauptung an die Spitze gestellt hatten: dass die beiden Hauptrichtungen der Bewusstseinsthätigkeit im Menschen, die auf das eigene Selbst und die auf die ganze Gattung und die Gesamtheit, der er angehört, nicht einzeln für sich sein noch aus einander gehen dürfen, sondern stets unter sich eine harmonische Vereinigung bilden und bewusste Uebereinstimmung haben müssen; ein Verhältnis, welches zugleich noch in anderer Hinsicht von hohem Werte ist. Es gründet sich nämlich darauf nach Schleiermacher diejenige Eigenschaft des Menschen, welche man Charakter nennt. Charakter ist nach ihm die konstante Beziehung des persönlichen zum Gattungs- und Gesamtbewusstsein. So lange das Selbstbewusstsein allein herrschend ist und eine

---

[1]) Reden S. 266.
[2]) ebenda S. 261.
[3]) ebenda S. 278.

persönliche Abgeschlossenheit erzeugt, können wir selbst in dem günstigsten Falle, dann nämlich, „wenn der einzelne sich selbst als Einheit in der ganzen Entwickelung seiner Thätigkeit festhält und nicht rein vom Moment bald zu dieser bald zu der entgegengesetzten hingezogen wird", nur „einen gewissen Grad von Freiheit oder Willenskraft" finden.[1]) Erst „wenn es nicht das persönliche Einzelwesen ist, welches so über den Moment dominiert, sondern in das Bewusstsein des Einzelwesens auch das der Gesamtheit aufgenommen ist"[2]), konstatiert Schleiermacher Charakter. Seine wichtigste Aufgabe und sein grösster Wert besteht darin, dass er ein Correktiv ist gegen die Einseitigkeit des Temperaments, des „Produktes der Natur", welches immer zum Extrem neigt und deshalb im Menschen nicht mächtig werden darf. Von dieser „natürlichen Bestimmtheit" reisst der Charakter durch die Wirksamkeit eines auf das grössere gehenden Impulses den Menschen los und pflanzt ihm eine leitende Idee ein. Wo der konstante Impuls fehlt, weil das Bewusstsein keine Beziehung zur Gattung und Gesamtheit nimmt und sich die Hauptrichtungen desselben nicht entwickelt haben, da ist der Mensch seinem Temperament unterworfen und leidet an Charakterlosigkeit.

Aber giebt es nur das eine: entweder Charakter, oder kein Charakter? Spricht man nicht auch von einer Mannigfaltigkeit der Charaktere? — Schleiermacher trägt diesem Umstande Rechnung und sucht beide Gesichtspunkte, sowohl den von einer Einfachheit wie von einer Mannigfaltigkeit des Charakters zu vereinigen. Allerdings weiss er als Grund für die unendliche Mannigfaltigkeit der Charaktere nur die entsprechende von Neigung und Temperament anzuführen[3]), eine Auskunft, die uns deshalb nicht befriedigen kann, weil wir aus den oben erörterten Definitionen der letzteren den Schluss auf eine unendliche Mannigfaltigkeit derselben nicht einsahen. Wenn wir indess hiervon absehen, so ist der allgemeine Gedanke Schleiermachers jedenfalls richtig, dass „das Charakter-haben überhaupt eine höhere Stufe des

---

[1]) Psych. S. 323.   [2]) ebenda S. 324.   [3]) ebenda S. 328. 329.

Daseins ist, dass es sich aber nur bewährt in der Individualität des Charakters." „Wir werden geradezu sagen müssen, es hat jeder einzelne in dem Masse, als er Charakter hat, auch seinen eigenen."[1])

Besser als die Mannigfaltigkeit des Charakters im allgemeinen gelingt es Schleiermacher eine bestimmte Art derselben, seine Wertdifferenzen und Abstufungen zu erklären: der vollendetste Charakter ist da, wo der Einzelne sowohl sein Verhältnis zu der bestimmten Gesamtheit, der er angehört, und zu der Totalität des menschlichen Geschlechtes, als auch die konstante Beziehung der Momente in seiner eigenen Entwickelung zu der Entwickelung der Gesamtheit und Gattung immer gegenwärtig hat. Eine niedrigere Stufe des Charakters ist die, wo nur das Wissen um die jedesmalige Gesamtheit vorhanden, dagegen die Bezugnahme auf die ganze Gattung fehlt. Je schwächer dann auch das Gesamtbewusstsein, desto bedeutungs- und wertloser wird der Charakter des Menschen bis endlich zum Minimum des Gesamtbewusstseins herab in der Charakterlosigkeit.[2])

Wir brauchen nun freilich nicht erst noch darauf hinzuweisen, wie wenig alle diese Abstraktionen imStande sind, uns das wirkliche, lebensvolle Bild eines Menschen von diesem oder jenem Charakter zu geben. Gleichwohl werden wir auch bei Schleiermachers' Definition des Charakters die grosse Bedeutung, welche derselbe für die Eigentümlichkeit des Menschen hat, nicht verkennen.

Da er nun im wesentlichen Bewusstsein ist, so hat man diesem dieselbe Bedeutung zuzuerkennen. Je vollkommener die harmonische Vereinigung von Selbst-, Gattungs- und Gesamtbewusstsein in einem Menschen ausgebildet ist, desto vollendetere, bedeutendere Eigentümlichkeit wird er haben. Hätte jemand nur Gesamtbewusstsein ohne Selbstbewusstsein, so würde der Grad seiner Zerfahrenheit lediglich den umgekehrten seiner Eigentümlichkeit ausdrücken. Wollte jemand nur Selbstbewusstsein haben, so wäre seine Eigen-

---

[1]) Psych. S. 329. [2]) ebenda S. 324. 325.

tümlichkeit eine krankhafte oder wohl gar eine unsittliche. Das wären einige Beispiele für die Bedeutung, welche nach Schleiermacher dem Bewusstsein in seinen Hauptrichtungen für die Eigentümlichkeit des Menschen zuzuschreiben ist, eine Bedeutung, welche es zu einem den oben entwickelten Funktionsverhältnissen gleichwertigen Faktor bei Bildung und Gestaltung dieser allgemein menschlichen Eigenschaft macht.

Diese Erinnerung an die oben entwickelten Funktionsverhältnisse drängt uns noch einen andern Gesichtspunkt der Betrachtung auf. Wie dort die Thätigkeitsverhältnisse nicht gleich bei der Geburt sich als ausgebildet und vollendet erwiesen, sondern erst im Verlaufe des Lebens zur Entwickelung kamen, ebenso verhält es sich mit dem Bewusstsein und der von ihm, als ihrer Form abhängigen Eigentümlichkeit.

b) Die Form als sich entwickelnde.

In den Monologen, welche uns auch hier wieder den bequemsten Ausgangspunkt bieten, weist Schleiermacher darauf hin, dass nur allmählich der Mensch sich darauf, dass er ein eigentümlich gebildetes Wesen sei, besinne, „spät und schwer" erst zum vollen Bewusstsein seiner Eigentümlichkeit gelange, dem „höheren Ziel", bei dessen Erstreben die Selbstbetrachtung nicht immer weiss, auf welchem Wege sie sich ihm nähert, auf welchem Punkte des Weges sie steht.

Das allmähliche Aufleuchten dieser Erkenntnis ist nun aber lediglich eine Folge davon, dass das Bewusstsein ebenfalls erst allmählich sich zu der Kraft und Lebendigkeit, welche zu jenem Erkennen erforderlich ist, entwickelt, und zwar hat seine Entwickelung eine intensive und eine extensive Seite; erstere ist das Fortschreiten von dem unbestimmten zu dem bestimmten Bewusstseinszustand, letztere das Auseinandergehen der Zentralthätigkeit in ihre verschiedenen Richtungen.

Einmal also muss das Bewusstsein vom unbestimmten zum bestimmten fortschreiten. In den ersten Anfängen können wir es nämlich nur als ein einziges Bild mit einer unbestimmten Mannigfaltigkeit und als etwas Chaotisches in Bezug auf alles Hörbare und Sichtbare ansehen. Die zweite Stufe tritt ein, wo der Mensch Einzelnes, was sich als Eindruck sondert, auch auf Einzelnes in dem Ausser-uns, auf einen bestimmten Ort und eine bestimmte Richtung bezieht. Das ist der Anfang dazu, dass sich die Gegenstände fixieren. Dabei braucht die eigentliche Denkthätigkeit noch nicht vorhanden zu sein. Auch bei dem Auffassen in Bildern tritt schon das Unbestimmte, Chaotische in bestimmte Grenzen auseinander, und es wird der Gegensatz zwischen dem leeren und erfüllten Raume oder den gesonderten Gegenständen und dem ungesonderten Medium aufgefasst. Auf diesem immerhin langen Entwickelungsgange ist aber die Hauptsache, dass stets der unbestimmte Bewusstseinszustand in den bestimmten aufgeht und in ihm verschwindet: denn das Festhalten des Bewusstseins tritt nur ein, insofern es ein bestimmtes ist oder wird.[1])

Die Bestimmtheit des Bewusstseins wird, so lange der Mensch in Bildern auffasst, erzeugt durch die allgemeinen Bilder, welche uns von den einzelnen Eindrücken und der Sorge, sie einzeln festzuhalten, entledigen; aber dieses Mittel reicht nur eine Zeit lang. Dann ist es die Bezeichnung durch die Sprache, welche uns von der Unendlichkeit der Eindrücke befreien muss; wie denn überhaupt mit ihrer zunehmenden Ausbildung eine beständige Weiterbildung und ein Fortschreiten des Bewusstseins vom Unbestimmten zum Bestimmten gegeben ist.

Die Sprache ferner fördert zugleich die Extensität des Bewusstseins; wenigstens ist sie das Mittel, wodurch zuerst sich die Hauptrichtungen desselben nach aussen hin dokumentieren. Denn nachdem in dem Kinde, wie das ganze geistige Leben, so dessen Zentralthätigkeit, das Bewusstsein, geschlummert hat, äussert es sich in dem Ichsagen zum ersten Male als Selbstbewusstsein. Das Ich aber fordert als Correlat ein Du, das Selbst den Gegensatz von etwas Anderem. Ja das Ich kann gar nicht ein wirkliches sein

---

[1]) Psych. S. 127—129.

ohne sein Du, und das Selbstbewusstsein nicht ohne das Bewusstsein von anderem d. h. ohne objektives Bewusstsein. Weiter nun, wenn in dem Kinde zum ersten Male das Bewusstsein hervortritt, so geschieht es nicht, ohne dass überall schon entwickeltes Bewusstsein vorhanden ist. Daher entsteht und entwickelt sich das Bewusstsein des Einzelnen immer nur in der Form und unter der Bedingung des Zusammenseins mit Anderen, in denen es schon entwickelt ist, es wird geweckt und belebt durch die Gemeinschaft mit ihnen. Doch hat dieser Vorgang zur notwendigen Voraussetzung, dass alle Einzelnen identisch sind in Bezug auf den Begriff des Lebens und Anteil haben an der gemeinsamen menschlichen Natur, dass sie also eine Gattung bilden. Denn ohne den zu Grunde liegenden Begriff der Gattung könnte sich unmöglich das eine Bewusstsein an dem anderen entzünden. Auf diese Thatsache gründet sich das Gattungsbewusstsein, dessen erste Regung nach Schleiermacher darin besteht, dass bei den menschlichen Individuen keine Neigung besteht, ihr Bewusstsein an ein anderes als das menschliche anzuknüpfen. Wenn man das wirklich schon als Gattungsbewusstsein ansehen will, so ist es jedenfalls etwas höchst Unbestimmtes, Chaotisches.

Das Gattungsbewusstsein entwickelt sich später als das subjektive und objektive; bei Kindern z. B., welche fremde Gesichter von sich abwehren, ist es noch nicht entwickelt, während doch die Aeusserungen des subjektiven und objektiven Bewusstseins längst in ihnen hervorgetreten sind. Was für ein bedeutender Fortschritt es aber ist, wenn der Mensch den andern nicht mehr als einzelnen, sondern als zu derselben Gattung gehörig ansieht, haben wir schon oben erwähnt: er tritt aus dem Zustande bloss selbstischer Bestimmtheit heraus, und sein Leben erhält dadurch eine Erweiterung und Erhöhung.

Freilich geschieht dies zunächst nur in Bezug auf die aufnehmenden Thätigkeiten des Menschen. Dagegen tritt auf dem Gebiete der ausströmenden oder Selbstthätigkeit ein Konflikt zwischen Selbst- und Gattungsbewusstsein ein und macht sich besonders in der Lebensäusserung, welche wir Selbsterhaltungstrieb nennen, gelten. Der Selbsterhaltungstrieb nämlich ist nach Schleiermacher das „Sein- oder Fortbestehen-wollen des Einzelwesens" oder „die Continuität seiner Lebensäusserung mit dem Begriff des Wollens gedacht."[1] Weil nun aber das Einzelwesen nicht allein steht, sondern ein Produkt der Gattung ist, so lässt sich seine Existenz auch als ein Wollen der Gattung ansehen und sein Sein-wollen d. i. sein Selbsterhaltungstrieb auf das Wollen der Gattung in ihm zurückführen, so dass es seinen Grund in dem Gattungsbewusstsein hat, welches dem Einzelnen innewohnt. So treffen in demselben Menschen eigenes Sein-wollen und die Lebensäusserung der Gattung zusammen, und diese gleichzeitige Manifestation des persönlichen Selbst- und des Gattungsbewusstseins geht nicht ohne Konflikt ab, weil die beiden Richtungen des Bewusstseins ihrer Natur nach auseinander streben und in einem und demselben Falle das persönliche Selbstbewusstsein sehr wohl gerade das Entgegengesetzte von dem fordern kann, was das Gattungsbewusstsein erstrebt. Darum wird der Konflikt immer eintreten und Schleiermacher behauptet sogar, dass er immer eintreten muss, wenn anders der Selbsterhaltungstrieb den Charakter des instinktartigen verlieren soll. Beispiel dafür ist der Selbsterhaltungstrieb in Gefahr. Hat sich der Gegensatz zwischen Selbst- und Gattungsbewusstsein noch nicht entwickelt, so ist die Gleichgültigkeit gegen das Leben, die Tapferkeit, nur instinktartig, tierisch; wo er dagegen vorhanden, da entsteht eine Ueberlegung und ein innerer Kampf des Einzelwesens mit sich selbst, indem sein Seinwollen, also sein Selbsterhaltungstrieb sich gegen die Forderung der Gattung in ihm, welche hier gewöhnlich als bestimmte Gesamtheit auftritt, sich ihrem Interesse zu opfern, sträubt.[2]

Das Vorhandensein dieses Konfliktes ist daher das Zeichen davon, dass sich die zur Ausbildung der Persönlichkeit erforderliche Scheidung von Selbst- und Gattungs- resp. Gesamtbewusstsein vollzogen hat, und in sofern eine in der Entwickelung jener notwendig zu fordernde Erschei-

---

[1] Psych. S. 229.   [2] ebenda S. 272. 273.

nung. Dennoch ist er nicht der reine Ausdruck und die eigentliche Vollendung des menschlichen Seins, sondern nur ein Durchgang und ein Uebergang in die bewusste Uebereinstimmung und harmonische Vereinigung der Bewusstseinsrichtungen. Erst wenn diese sich vollzogen, vollendet sich die Persönlichkeit, dann erst gewinnt sie ihren endgültigen Charakter und damit die volle Ausprägung der in ihr angelegten Eigentümlichkeit. So erreicht der Mensch jetzt mit seiner Bewusstseinsthätigkeit ebenso, wie oben mit seinen geistigen Funktionsverhältnissen, des Lebens Höhe. Ja er kann sie sogar selber befördern und herbeiführen, weil zugleich mit dem Umfange des Bewusstseins sich die Intensität desselben zum bewussten Wollen entwickelt hat, welches es ihm möglich macht, den Konflikt durch eigene Willensentscheidung selbst zu lösen.[1]) Wie Schleiermacher freilich sich diesen Vorgang des näheren denkt, hat er nicht auseinandergesetzt.

Um so dankenswerter ist es, dass er uns in einem unmittelbar damit zusammenhängenden Punkte, der für uns hier von weit grösserem Interesse ist, Rede steht. Wenn nämlich der Mensch kraft seines in Willensthat sich umsetzenden Bewusstseins seine eigene Entwickelung so mächtig fördern und sogar zum Gipfelpunkt und Abschluss führen kann, muss er da nicht auch auf die aus dieser Entwickelung resultierende Eigentümlichkeit seines Wesens mit seinem Wollen einen Einfluss ausüben können?

Indem Schleiermacher diese Frage ausführlich behandelt, kommt er zu dem Resultat, sie entschieden zu verneinen; nach ihm „giebt es keine Wirkung des gewussten Wollens auf die Eigentümlichkeit des Einzelwesens, sondern alle Selbstthätigkeit unter dieser Form (des Wollens nämlich) kann sich nur mit den in ihr angelegten Verhältnissen in Beziehung setzen und sie entwickeln."[2])

Mit diesem Urteile tritt Schleiermacher Ansichten entgegen, wie der: jeder könne seinen Entwicklungsgang einrichten, wie er wolle, z. B. wenn er sich selbst es recht fest

---

[1]) Psych. S. 233. 234.   [2]) ebenda S. 241.

vornehme, so könne er ein Dichter werden. Dies lässt sich, setzt Schleiermacher hinzu, niemals realisieren, und jeder wird sagen, es sei eine unsinnige Behauptung. Wo es vorkomme, mache man gleich mit Recht den Schluss, dass es dem Menschen an der richtigen Besinnung über sich selbst fehle, und dass also am allerwenigsten ein bedeutendes Resultat daraus zu erwarten sei.[1])

Eine derartige Ansicht über den Gebrauch des menschlichen Willens und der Freiheit pflegt nun freilich eine andere zu ihrer Voraussetzung zu haben: die nämlich, welche leugnet, dass in den ersten Anfängen des Daseins schon irgend ein Verhältnis der geistigen Funktionen prädeterminiert sei, dass also der Mensch als ein eigentümlicher geboren werde; da könne dann der Mensch, wenn er geboren, noch alles werden.

Wir haben letztere Theorie schon einmal oben besprochen, so zwar, dass wir den Blick auf die eine Folgerung, welche aus ihr gezogen werden kann, wandten; wir polemisierten dagegen, dass die Eigentümlichkeit lediglich durch die Erziehung und Bildung, also durch nur von aussen her kommende Einflüsse bestimmt werde. Aus derselben Theorie kann aber auch folgen, dass die Eigentümlichkeit rein von inneren Einflüssen, nämlich von der zum bewussten Wollen gesteigerten Selbstthätigkeit, abhänge, und also ein willkürliches Erzeugnis des Menschen selbst sei, „so dass derselbe Mensch in denselben Umgebungen ebensogut der eine wie der andere sein könne."[2])

Ebenfalls eine irrtümliche Hypothese. Denn, so führt Schleiermacher aus, denken wir uns dieses Wollen des Menschen als eine wirkliche Willensbestimmung im engeren Sinne des Wortes, so kann sie offenbar nur in eine Zeit fallen, wo der Mensch schon etwas geworden ist, und schon Eigentümlichkeit hat. Da ist denn zweierlei denkbar: Bestätigt der Willensakt die vorgefundene Eigentümlichkeit, oder, deutlicher gesagt, muss er sie notwendig immer bestätigen, so fällt die ganze Hypothese in sich zusammen.

---

[1]) Psych. S. 235.   [2]) ebenda S. 268.

Braucht er sie aber nicht zu bestätigen, sondern kann er sie, ganz nach Belieben, auch aufheben, so dürfen wir diese Willensthat nicht an einen bestimmten Moment binden, sondern müssen sie in jedem Moment als möglich annehmen: „so gut er sie heute bestätigt, so gut kann er sie morgen aufheben." Ist das der Fall, so erscheint uns das Einzelwesen als etwas schlechthin Zufälliges: „denn was für den einzelnen reine Willkür ist, ist für alle anderen zufällig", und man weiss nicht, ob „der Mensch morgen noch derselbe wie heute ist."[1]

Indem Schleiermacher die Theorie bis zu derartigen Konsequenzen verfolgt, wird es ihm nicht schwer, ihre Unhaltbarkeit in theoretischer wie praktischer Hinsicht aufzudecken. Theoretisch: denn sie widerspricht dem Begriff der Eigentümlichkeit. „Wenn wir nämlich von der persönlichen Differenz reden, so sehen wir sie nicht an als eine selbst wieder wandelbare Grösse, sondern als eine konstante; niemand sagt, heute habe er diese persönliche Eigentümlichkeit, vielleicht aber morgen, wenn er sich eine andere anschaffen wolle, eine andere."[2] Praktisch: denn alle Beziehungen der Menschen zu, ihre Ansichten und Urteile über, ihr Verkehr mit einander sind der Art, dass sie die eigene und die fremde Eigentümlichkeit nicht als eine veränderliche, in jedem Momente willkürlich wechselnde, sondern als eine bleibende, in sich beständige voraussetzen. „Wir handeln immer so, dass wir glauben, auf die Menschen in gewissem Sinne rechnen zu können."[3]

Die Ansicht, dass der Mensch seine Eigentümlichkeit bilden und gestalten könne, wie es ihm beliebe, ist das eine Extrem in der Beurteilung des Einflusses, welchen der Mensch selbst durch seinen Willen auf die Bestimmung seiner Eigentümlichkeit haben soll. Das andere ist: der Wille hat gar keinen Einfluss. Dies ist, wie wir oben voranstellten, Schleiermachers Urteil selbst, welches er, zugleich jene erste Theorie bekämpfend, folgendermassen begründet:

Der Begriff, welchen die Vertreter jener Ansicht vom

---

[1]) Psych. S. 268. [2]) ebenda S. 236. [3]) ebenda S. 269.

menschlichen Willen haben, ist ein falscher. Sie reissen die Willensthätigkeit gleichsam aus dem ganzen übrigen Geistesleben und dessen Entwickelung heraus, stellen sie ausserhalb auf einen Platz, wo sie mit jenen gar nichts mehr zu thun hat und in keiner Verbindung steht, von dem aus sie sogar, wenn es ihr passt, sei es störend, sei es fördernd, oder ändernd in die übrige geistige Thätigkeit eingreifen kann. So kann man die Willensthätigkeit des Menschen nicht betrachten, sie steht vielmehr im engsten Zusammenhange mit der gesamten Selbstthätigkeit des Menschen und ist eigentlich nur eine besondere Art und Form derselben. Es giebt nämlich ein ganzes grosses Gebiet von Denkthätigkeiten, denen kein bewusstes Wollen zu Grunde liegt, sondern wo die Gedanken rein von innen heraus in freier Weise entstehen. „Aus dieser Masse der nicht gewollten Gedanken, welche wir als Gedankenspiel bezeichnen können, tauchen einzelne auf, die sich zu einem bestimmten Willen bilden, und aus denen sich nachher ganze Reihen entwickeln." [1]) Hieraus folgt unmittelbar, dass das bewusste Wollen sich nicht, wie obige Theorie will, der übrigen Selbstthätigkeit im Menschen, wie etwa ein von aussen kommender Einfluss, entgegensetzen und ihr eine beliebige Richtung geben, sondern, dass es sich nur mit den in der Selbstthätigkeit schon angelegten Verhältnissen in Beziehung setzen kann, diese und keine anderen entwickeln und mit ihnen rechnen muss. Darum sind auch „das Werden der Eigentümlichkeit und die Stetigkeit der freien Lebendigkeit wesentlich ein und dasselbe."[2])

So Schleiermacher. Wenn man seine Ausführung erwägt, wird man einmal wohl schwerlich verkennen, dass auf diese Betonung des unbewussten Gedankenspiels und der freien Lebendigkeit Leibnitz mit seiner Lehre von der Macht des Unbewussten und der „kleinen", „dunkeln" Vorstellungen von Einfluss auf Schleiermacher gewesen ist, der jenen studiert hat und selbst dessen Ausdruck „dunkele Vorstellungen" anwendet.[3]) Auch eine Verwandtschaft

---
[1]) Psych. S. 222.   [2]) ebenda S. 234.
[3]) Vergl. Zeller, Gesch. der deutsch. Phil. S. 765.

dieser psychologischen Erklärung des Willens mit derjenigen Herbarts lässt sich herausfühlen.

Weiter wird man auch die Richtigkeit seines Beweises einer Beleuchtung unterziehen müssen, da schon Schleiermacher selbst sich den Einwurf macht, man wolle seine Ansicht nicht allgemein gelten lassen, weil sie der Vorstellung, welche man sich gewöhnlich von der menschlichen Freiheit mache, nicht zu entsprechen scheine.[1]) Ich finde nicht, dass Schleiermacher diesen Einwurf genügend widerlegt, da er nur seine krasse Uebertreibung heraushebt und es dadurch leicht hat, ihn als „eine unsinnige Behauptung" hinzustellen. Dennoch beachtet er denselben soweit, dass er an eine Vermittelung zwischen jener und seiner eigenen Ansicht denkt: „es komme auf die Bestimmung der Grenzen an, in denen beide berechtigt sind." Leider verfolgt er diesen Gesichtspunkt nicht, sondern bleibt in der weiteren Darstellung bei seiner eigenen Ansicht stehen.

Letztere erregt schon deshalb Bedenken, weil sie konsequenterweise die Begriffe Willensfreiheit und bewusstes Wollen überhaupt beseitigt.[2]) Bei der Frage nach dem Einfluss derselben auf die Entwickelung der Eigentümlichkeit ist zuzugeben, dass der Mensch mit seinem Willen „die in ihm angelegten Verhältnisse" nur entwickeln, nicht willkürlich verändern und- vertauschen kann. Aber das schliesst die Freiheit und den Willen nicht aus, vorausgesetzt dass sie nicht, wie es Schleiermacher allerdings anzusehen scheint, in Willkürlichkeit ausarten. Vielmehr ist die Einwirkung des menschlichen Willens auf die Entwickelung und Gestaltung der Eigentümlichkeit dadurch gesichert, dass letztere, wie wir sahen, sich psychologisch vermittelt, dass sie die Frucht und das Abbild des jedesmaligen gesamten Geistes- und Seelenlebens in einem Menschen ist und durch einige Elemente desselben ganz besonders bedingt wird, nämlich durch Talent und Neigung, Temperament und Charakter.

Wir schliessen hiermit die Darstellung und Beurteilung der psychologischen Begründung, welche Schleiermacher dem von ihm aufgestellten Begriffe der Eigentümlichkeit giebt,

---

[1]) Psych. S. 235. [2]) Vergl. Lotze, Grundz. d. Psych. 2. Aufl. § 84.

und wenden uns in einem letzten Abschnitte zur Ausführung zweier bei der Begriffsbestimmung unter No. I, S. 8. 9 vorläufig gemachten Bemerkungen. Wir sagten dort, als wir den Umfang des Begriffes besprachen, erstens: Eigentümlichkeit schreibe Schleiermacher nur den Menschen, nicht den Tieren oder gar den Einzeldingen der toten Natur zu; zweitens: in der menschlichen Gattung hätten nicht bloss die Einzelnen eigentümliches Sein, sondern auch die Rassen, Völker und das männliche und weibliche Geschlecht, oder mit anderen Worten: es gäbe nicht nur „Einzel-Differenzen", sondern auch „Massen-Differenzen oder -Individualitäten." Auf diese beiden die Anwendung unseres Begriffes betreffenden Punkte wollen wir jetzt näher eingehen.

III.
Die Anwendung des Begriffes der Eigentümlichkeit.

1. Negative Beschränkung: der Begriff ist nur auf Menschen anwendbar. Unterschied zwischen Mensch und Tier.

Ein Zweifel daran, dass der Begriff der Eigentümlichkeit auf die menschliche Gattung beschränkt ist, dürfte zunächst nur von dem Gesichtspunkt aus erhoben werden, dass man ihn auch auf die Tiere ausgedehnt wissen wollte. Erst wenn sich diese Erweiterung des Begriffes als richtig erwiese, würde die Anwendung auch auf die tote Natur einer Erörterung bedürfen. Gilt dagegen der Begriff im Tierreiche nicht, so braucht nicht noch derselbe Beweis für die tote Natur erbracht zu werden. Da nun Schleiermacher die Geltung seines Begriffes im Tierreiche abweist, so haben wir nur hierfür die Gründe zu referieren, die Nichtanwendbarkeit auf die tote Natur versteht sich dann von selbst.

Warum also haben die Tiere keine Eigentümlichkeit oder warum sind sie nicht ursprünglich, begriffsmässig von einander verschiedene? — Erstens, weil ihre Verschiedenheit nur durch äussere Einwirkungen erzeugt wird, nicht durch ein inneres Prinzip. „Die Differenz eines Tieres", so lesen wir, „von allen andern unter demselben niedrigsten Begriff stehenden setzen wir als ein Produkt der äusseren Einwirkungen auf die einzelnen Funktionen"; wogegen im Menschen diese Differenz nicht in äusseren Einflüssen, sondern in einem inneren Prinzip gegründet ist. Darum ist das Tier auch ganz von äusseren Einwirkungen abhängig, dagegen im Menschen reproduziert das innere Prinzip die Differenz (d. i. das Verhältnis der Funktionen) auch ohne und gegen die äusseren Einwirkungen immer lebendig.[1])

Nun hat es freilich mit dem eigentlichen Grunde für das Fehlen des inneren Prinzipes dieselbe Bewandtnis, wie mit dem für das Dasein desselben. Als wir oben unter Nr. II, S. 25. 26 den Ursprung der Eigentümlichkeit zu ergründen suchten, wussten wir nur zu sagen, dass wir vor einem der elementaren Fundamentalgesetze des Lebens, „an der geheimnisvollen Quelle der Menschheit" ständen. Eine weitere Analyse war nicht möglich. Dasselbe gilt von dem entgegengesetzten Falle, wo man auch nur die Thatsache, dass jenes Prinzip fehlt, konstatieren, nicht den Beweis, warum es fehlt, erbringen kann. Wenn daher Schleiermacher mit seiner Behauptung Recht hat, dass die Verschiedenheit der Tiere nicht auf einem inneren Prinzip beruhe und also keine ursprüngliche, begriffsmässige sei, so müssen wir das einfach hinnehmen, auch ohne eine zureichende Begründung.

Aber Schleiermacher trägt seine Ansicht nicht ohne Anstoss vor: denn es giebt nach ihm doch auch im Tierreiche eigentümliches Sein, da er in der philosophischen Ethik S. 165 zwar nicht den einzelnen Exemplaren, wohl aber allen Gattungen und Arten der Tiere eigentümliches Dasein zuerkennt. Er macht hier einen Unterschied zwischen Gattung und Exemplar, wie solcher mit seiner oben Seite 14 dargelegten Lehre über das Verhältnis derselben nicht zusammenstimmt. Denn wenn man die Allgemeinheiten lediglich als Produkte unseres Denkens ansieht und wirkliche Existenz nur ihrer Erscheinung und Darstellung in den einzelnen Exemplaren zuspricht, so ist die Gattung

---

[1]) Phil. Ethik S. 203. 204.

identisch mit ihren Exemplaren und es ist unmöglich, der einen etwas zuzuschreiben, was den anderen abgehen soll. Wir müssen daher annehmen, dass Schleiermacher, wohl durch seine fortgesetzten Platostudien beeinflusst, sich der Theorie des Realismus zugewandt und in Folge dessen nunmehr die Gattungen und Arten als von ihrer Erscheinung in den Einzelwesen unabhängige, ursprünglich und begriffsmässig von einander verschiedene, also eigentümliche Urbilder aufgefasst habe, von denen die einzelnen Exemplare lediglich Abbilder seien.

Fragen wir nunmehr nach dem zweiten Grunde für die Thatsache, dass nur die Menschen, nicht auch die Tiere Eigentümlichkeit haben, so beruht er ebenfalls auf einem prinzipiellen Unterschiede zwischen Mensch und Tier, welcher diesmal greifbarer und leichter einzusehen ist als der erste, weil er aus psychischen Gesetzen und deren Beobachtung abgeleitet, an anerkannte Aeusserungen des Geistes- und Seelenlebens angeknüpft und überhaupt psychologisch vermittelt wird. Wir finden daher über ihn das meiste in der Psychologie ausgesagt, und zwar kommt es Schleiermacher zuerst darauf an, eine blosse Zufälligkeit dieser Differenz oder die Auffassung derselben als eines blossen Ueberganges gleich, bevor er zum ersten Male einen Vergleich zwischen Mensch und Tier anstellt, zurückzuweisen; wir dürften, sagt er[1]), sie nur so vergleichen, „dass der Punkt ermittelt wird, wo das eigentümlich Menschliche in den Operationen zu latitieren aufhört, und das, was ursprünglich da ist, in der Thätigkeit selbst hervortritt": denn das Menschliche und Tierische sind „von Anfang an" verschieden. Allerdings könnte man als Instanz dagegen geltend machen, dass wir doch im menschlichen wie im tierischen Leben, in den ersten Anfängen dieselbe Indifferenz von Rezeptivität und Spontaneität beobachten. Aber obwohl dieser Zustand den Unterschied zwischen Mensch und Tier auf ein Minimum reduziert, so irrt man sich doch, ihn beiderseits gleichzusetzen. Schleiermacher postuliert, dass selbst dieses Mini-

---

[1]) Psych. S. 84.

mum des Menschlichen einen bestimmten Unterschied vom Tierischen enthalte: denn sonst könne man sich die Verschiedenheit in der späteren Fortentwickelung nicht erklären. Aber freilich wahrnehmen kann man ihn nicht, darum nennt Schleiermacher diese Stufe auch beim Menschen die chaotische oder tierische. Nachdem er so die Ursprünglichkeit des Unterschiedes gesichert hat, weist er nach, worin er sich bei den einzelnen Thätigkeitsgruppen dokumentiert. Was zuerst die Sinnesthätigkeiten betrifft, so manifestiert sich das eigentümlich Menschliche darin, dass die Sinne auf eine „absolute", „uneigennützige" Weise allgemein geöffnet sind und sich dem ganzen Ausser-uns, das in das Bewusstsein aufgenommen werden soll, zuwenden. Dagegen das Leben der Tiere beschränkt sich ganz auf das Interesse des Fortbestehens des animalischen Prozesses; ihre Sinne sind „durch die auf die Fortsetzung der animalischen Prozesse gerichteten Triebe" gebunden, während der Mensch vom Triebe frei ist oder wenigstens in seiner Entwickelung wird.[1])

Was bedeutet nun genauer das allgemeine Geöffnetsein der Sinne? — Es bedeutet a) ihre allgemeine Richtung auf die Gesamtheit des Seins ausser-uns, — b) ihre Richtung auf das Geteiltsein desselben, welche aus ihrer „kombinatorischen Thätigkeit" resultiert.

Diese Kombination der Sinne ist die Verbindung von Gesichts- und Tastsinn, wobei jener am meisten leitet, dieser am unmittelbarsten folgt, und sie hat von Anfang an die Abzweckung, die Geteiltheit des Seins in dem Ausser-uns zum Bewusstsein zu bringen. Zwar sind es nicht Gesichts- und Tastsinn ausschliesslich, welche die Kombination erzeugen, sondern auch das Gehör hat einen nicht unbedeutenden Einfluss, er ist aber schon geringer als der des Gesichtes, und nun gar Geschmack und Geruch dürfen bei dem Menschen niemals leitend werden, sonst ist er „in das Organische versenkt." In den Tieren nun sind gerade Geschmack und Geruch, die niedrigsten Sinne, auch die leitenden; darum kommt in ihnen

---

[1]) Psych. S. 55. 112. 113.

jene Richtung auf das Geteiltsein des Seins nicht zu Stande, noch können sie sich von der Herrschaft des Triebes losmachen.[1])

Ein fernerer Unterschied zwischen Mensch und Tier macht sich im Zusammenhange mit dem eben besprochenen auf dem Gebiete der Denkthätigkeiten geltend. Weil nämlich der Trieb im Tiere so mächtig ist, so verhindert er das Auseinander- und bestimmte Entgegentreten von Wahrnehmung und Empfindung oder — Schleiermacher setzt diese Ausdrücke gleich[2]) — von objektivem und subjektivem Bewusstsein: denn er realisiert sich, ehe es zu Stande kommt, „so dass, was Wahrnehmung werden will, Empfindung bleibt und das, was ein vollständiges In-sich-zurückgehen werden will, durch die Einwirkung von aussen gehemmt wird." Dieser Mangel wird entscheidend in der Ausbildung der Sprache. Zwar sind auch die tierischen Laute kein mechanisches Resultat, sondern wirkliche Lebensfunktionen und enthalten ein geselliges Element, die Beziehung nämlich zu ihres Gleichen, daher die Töne des einen von den anderen verstanden werden. Aber das Tier hat nicht denselben Umfang der Sprache, wie der Mensch. Dadurch dass in letzterem die Differenz des objektiven und subjektiven Bewusstseins bestimmt heraustritt, finden sich zwei verschiedene Reihen von Lauten in ihm: das Darstellungsmittel für das subjektive Bewusstsein ist der Gesang, für das objektive das System der artikulierten Laute. Dem Tiere fehlt einmal der Gegensatz von Prosa und Poesie, sodann der von Mitlautern und Selbstlautern, den wir zusammengenommen mit dem Ausdruck „Artikulation" bezeichnen.[3])

Weil endlich subjektives und objektives Bewusstsein nicht auseinandertreten, so bleiben auch Selbst- und Gattungsbewusstsein in Verworrenheit und können auf dem Gebiete der ausströmenden Thätigkeiten jenen in der Entwickelung zur Eigentümlichkeit notwendigen Konflikt nicht herbeiführen, der zwar nur Durchgang, aber doch zugleich unerlässliche Vorbedingung zu etwas Höherem ist. Darum ist auch z. B.

---

[1]) Psych. S. 80. 81. 85.   [2]) ebenda S. 87.   [3]) ebenda S. 142.

die tierische Tapferkeit keine sittliche, sondern nur eine instinktartige.[1])

So die Ausführung der Psychologie. Wir können alle diese einzelnen, dort aufgezählten Unterschiede, wenn wir die Dialektik zu Hülfe nehmen, unter eine Formel bringen. Schleiermacher führt nämlich hier den Unterschied zwischen Mensch und Tier auf das jedesmalige Ueberwiegen einerseits des Intellektuellen, andrerseits des Organischen zurück: im im Menschen überwiegt das Intellektuelle über das Organische, im Tier das Organische über das Intellektuelle. Das ist der Grund, warum des letzteren Sinnesthätigkeiten nur in beschränktem Masse geöffnet und an den Trieb gebunden sind, die Gegensätze der aufnehmenden und ausströmenden Thätigkeiten und des Denkens und Wollens in Verworrenheit bleiben.[2])

Der Gegensatz von Intellektuellem und Organischem ist für das organische Leben in der Welt derselbe, wie der des Idealen und Realen für alles Sein; jener Gegensatz umfasst, mit diesem durch einen mathematischen Ausdruck verglichen, den kleineren zweier konzentrischer Kreise. Beide Gegensätze sind relativ. Da wir über den Begriff der Relativität schon oben gesprochen haben, so brauchen wir uns hier nicht auf eine Erörterung über die Natur beider einzulassen, sondern nur das hervorzuheben, was für die Frage nach dem Unterschiede zwischen Mensch und Tier von Wichtigkeit ist. Wir fragen: Wie vereinigt es sich, dass Schleiermacher den Unterschied zwischen Mensch und Tier einen prinzipiellen nennt und ihn doch dem jedesmaligen Ueberwiegen von Intellektuellem und Organischem gleichsetzt? — Wenn in dem am wenigsten entwickelten Tier das Minimum des Intellektuellen und das Maximum des Organischen zusammen sind, und von da aufwärts zum Menschlichen hin ein allmähliches Zunehmen des Intellektuellen und Abnehmen des Organischen stattfindet, bis zum Maximum des Intellektuellen und Minimum des Organischen in dem hochentwickelten Kulturmenschen, so ist da offenbar keine Lücke,

---

[1]) Psych. S. 271—273. [2]) Schleiermacher, Dialektik S. 149.

kein Sprung aus dem Materiellen ins Geistige, aus der Natur in die Vernunft, sondern „es ist lediglich der höhere Grad von Aktivität, den die in Mensch und Tier dem Stoffe nach gleiche Vernunft im menschlichen Dasein entfaltet, durch den sich dieses vom tierischen abhebt."[1]) Es wäre also auch kein prinzipieller Unterschied zwischen beiden Daseinsformen festzuhalten, wie Schleiermacher in der Psychologie will, vielmehr „könnte man soweit Schleiermacher sehr wohl als antizipierten Vertreter der Entwickelungstheorie auffassen."[2]) Indem Bender das „soweit" zusetzt, will er thatsächlich die ganze Folgerung ablehnen und fährt daher bald darauf fort: „Indessen wie weit auch der künstlerische Sinn Schleiermacher zum Nivellieren und Abrunden, zum architektonischen Systematisieren und harmonischen Gruppieren verleitet haben mag, die wissenschaftliche Besonnenheit hat es ihm doch überall verboten, das eine Glied des Weltgegensatzes auf das andere zurückzuführen." Bender weist also darauf hin, dass Schleiermacher das Ideale nicht auf das Reale und umgekehrt, folglich auch das Intellektuelle nicht auf das Organische und umgekehrt zurückgeführt d. h. die Entstehung des einen aus dem anderen nicht gelehrt habe; und das ist für ihn der Grund, Schleiermacher nicht für einen Vertreter der Entwickelungstheorie anzusehen und den von diesem konstatiertem Unterschied zwischen Mensch und Tier als einen prinzipiellen, nicht als ein blosses Ueberwiegen und einen Uebergang aufzufassen. Aber das dürfte er doch nicht behaupten können. Denn ob die Glieder jenes Gegensatzes auf einander zurückgeführt werden oder nicht, kommt bei dieser Frage gar nicht in Betracht. Werden etwa die Glieder des Gegensatzes auf einander zurückgeführt, wenn man den Unterschied zwischen Mensch und Tier als ein blosses Ueberwiegen betrachtet? Doch wohl nicht; sondern es handelt sich auch da nur um ein Zunehmen des Intellektuellen und Abnehmen des Organischen oder umgekehrt; das Intellektuelle aber wird weder auf das Organische noch dieses auf jenes zurückgeführt. Wenn man daher den in

---

[1]) Bender a. a. O. S. 57.   [2]) ebenda.

der Dialektik festgestellten Unterschied zwischen Mensch und Tier gelten lassen will, so tritt er freilich mit dem in der Psychologie konstatierten in Widerspruch. Aber diesen Widerspruch halte ich allerdings nicht für so gross, dass er die Lehre Schleiermachers von dem prinzipiellen Unterschiede zwischen Mensch und Tier und damit von der Beschränkung des Begriffes der Eigentümlichkeit auf die menschliche Gattung aufhebt; vielmehr scheint mir dieselbe durch seine psychologischen Ausführungen hinreichend begründet zu sein.

Wir können daher zu dem zweiten der nach dem obigen für die Anwendung des Begriffes der Eigentümlichkeit in Betracht kommenden Momente übergehen.

2. **Positive Ausdehnung.** Der Begriff der Eigentümlichkeit ist innerhalb der menschlichen Gattung nicht bloss auf die Einzelnen, sondern auch a) auf die Rassen und Völker, b) auf den Unterschied des männlichen und weiblichen Geschlechtes anzuwenden.

Das sind, im Gegensatz zu den „Einzel-Differenzen", die „massenweise vorkommenden Differenzen" oder die „Massen-Individualitäten." Sie sind da vorhanden, wo viele eine „gemeinsame Eigentümlichkeit" d. h. Etwas unter sich gemeinsam haben, wodurch sie sich von allen anderen, welche nicht zu derselben „Massen-Individualität" gehören, ursprünglich und begriffsmässig unterscheiden.

Von diesen „Massen-Differenzen" wollen wir die Rassen und Völker zusammen betrachten, weil der Beweis für ihre Eigentümlichkeit auf gleichen oder ähnlichen Argumenten ruht. Freilich begeben wir uns damit auf ein Gebiet, welches in seiner genaueren Durchforschung heute Gegenstand einer ganz neuen, selbständigen Wissenschaft, der Ethnologie, geworden ist, deren Untersuchungen es hoffentlich gelingen wird, auch einer allgemeinen philosophischen Betrachtung neue Gesichtspunkte aufzuschliessen. Bis jetzt geben ihre Resultate allerdings gerade auf allgemeine, prinzipielle Fragen so gut wie keine Antwort, und mit der Häufung des Materials wächst die Unsicherheit der Hypothesen. Auch die heutige Psychologie hat das Problem von dem Ursprunge der Rassen und Völker noch nicht endgültig zu lösen vermocht.[1]) Wir wollen uns daher im folgenden auf das Referieren dessen, was Schleiermacher über diese Unterschiede sagt, beschränken.

Die menschliche Gattung, heisst es in der Psychologie[2]), realisiere sich nur in der Unendlichkeit der persönlichen Differenzen; wenn man die höchsten zusammenfasse, so seien das die Menschenrassen, gehe man weiter herab, so komme man innerhalb einer jeden auf verschiedene Volksstämme, „denen wir auch eine besondere Eigentümlichkeit zuschreiben." — Wenn man die Verschiedenheit der Rassen als ursprünglich annimmt, so taucht sofort das Bedenken auf: Wie stimmt diese Annahme mit der Einheit des ganzen menschlichen Geschlechtes und der uns aus dem Jugendunterricht her bekannten Entstehung desselben aus einem Menschenpaare? — Das geht den Philosophen nichts an; er muss sich an die Thatsache der Verschiedenheit halten und kann auf einen „problematischen ersten Menschen" keine Rücksicht nehmen. Darum verhält sich Schleiermacher „zur Einheit oder Mehrheit der Stammeltern gleichgültig"; eine Gleichgültigkeit, die jedoch nur dann am Platze sein dürfte, wenn er seinerseits bewiese, dass die Rassen wirklich untereinander ursprünglich und begriffsmässig verschieden seien. Diesen Beweis aber bleibt er nicht nur schuldig, sondern wir lesen sogar eine Aeusserung, die zwar zunächst nur auf die „nationale Konstitution" geht, aber zugleich in Bezug auf die Rassen eine dem obigen entgegengesetzte Folgerung erwarten liesse: die nationale organische Konstitution, sagt er, scheine von dem Leben der Erde selbst d. h. von dem Verhältnisse des organischen Prozesses zu dem universellen abzuhängen.[3]) Schleiermacher meint die Einflüsse des Klimas, der Bodenbeschaffenheit, der Lebensweise u. s. f. Wenn hiervon die Differenz der Völker abhängt, warum nicht auch die der Rassen in ihren ersten Anfängen? — Aber, wie gesagt, Schleiermacher zieht diesen Schluss nicht, ja er ignoriert sogar in Bezug auf die Völkerverschiedenheit die

---
[1]) Lotze Mikrok. II, S. 111 ff.
[2]) Psych. S. 238.   [3]) ebenda S. 51.

aus jener Abhängigkeit sich ergebende Konsequenz, dass die Völker, durch jene äusseren Einwirkungen in ihrer Verschiedenheit entstanden, erst in und mit der Zeit ihres Bestehens verschiedene geworden, es also nicht ursprünglich und ihrem Begriffe nach seien. Schleiermacher ist weit entfernt, dies zu behaupten; die Völker haben ihm trotzdem eigentümliches Dasein.

Aber, so wird man einwenden, Schleiermacher spricht ja nur von der organischen nationalen Konstitution. Gewiss. Aber er führt fort: „in offenbarem Zusammenhange mit diesen organischen Differenzen finden wir solche auch auf der psychischen Seite."[1]) Das Psychische steht also in einer grösseren oder geringeren Abhängigkeit von dem Organischen. Wenn daher die Unterschiede des letzteren rein auf äussere Momente zurückgeführt werden, so werden auch die psychischen Unterschiede leicht als zufällige erscheinen, wofern für diese nicht das Gegenteil ausdrücklich nachgewiesen wird. Diesen für Schleiermachers Auffassung der Rassen- und Völker-Unterschiede durchaus notwendigen Nachweis, führt er indess nur in Betreff der Völker, nicht auch der Rassen; sein Hauptbeweismittel dabei ist die Verschiedenheit der Sprachen.

Er begründet nämlich seine Ansicht von der Eigentümlichkeit der Völker psychologisch dadurch, dass er die Eigentümlichkeit ihrer Sprachen nachweist. Die Sprachen sind nicht nur ihrem Laute nach verschieden, so dass das dabei Gedachte in allen dasselbe wäre, sondern der logische Gehalt einer jeden Sprache in ihren verschiedenen Abstufungen ist ein anderer als der in den übrigen, und zwar a) in Bezug auf die Quantität der Sprachen, die man ihren Reichtum nennt, weil die eine Unterschiede hervorhebt, die in den andern nur latitieren; — b) in Bezug auf ihre Qualität. Es findet sich nämlich in den verschiedenen Sprachen „nicht nur eine Mannigfaltigkeit in der Art und Weise, die Begriffe zu zersetzen und zu verknüpfen, sondern es zeigt sich auch, dass die Stammwörter selbst nicht in einander aufgehen und

---

[1]) Psych. S. 51. 52.

ebenso die Beugungswörter." Darum sind die Sprachen alle gegeneinander irrational. Keine kann durch die andere adäquat gemessen werden. Diese bei Voraussetzung der Identität der Denkthätigkeit in allen höchst auffallende Erscheinung lässt sich nicht dadurch erklären, dass man sagt, die verglichenen Sprachen verhielten sich wie zwei verschiedene Entwickelungsstufen, die Ungleichheit sei daher nur eine zeitweilige und verschwinde später mehr oder weniger; vielmehr ist auch bei den auf gleicher Entwickelungsstufe stehenden Sprachen das Logische in den Sprachelementen jedesmal verschieden und wir müssen daher eine ursprüngliche Differenz des Denkens in jedem einzelnen Volke auf Grund der jedesmaligen Art und Weise, wie sich die Identität der Denkthätigkeit in seiner Sprache ausbildet, behaupten. Nachdem Schleiermacher die Richtigkeit dieses Urteils des näheren nachgewiesen hat, erklärt er, es würde auch durch die Art und Weise, wie ein und derselbe Mensch in verschiedenen Sprachen denke, bestätigt.[1])

Wie von der Sprache eines Volkes, so redet man auch von seinem Temperament und seinem Charakter. Das National-Temperament ist in Analogie des über das Temperament des Einzelnen gesagten die natürliche Bestimmtheit eines Volkes, welche ihr Korrektiv in dem Volkscharakter d. h. in der leitenden Idee, die einer solchen Gesamtheit einwohnt, haben muss. Wo diese vorhanden, da hat ein Volk Charakter. Giebt es aber auch eine Mannigfaltigkeit von Volkscharakteren? — Ja: denn „eine jede solche Gesamtheit hat einen bestimmten Teil der Aufgabe des menschlichen Geistes überhaupt, welcher ihre eigentümliche Existenz bezeichnet; dieser ist bestimmt in Beziehung auf die räumliche und zeitliche Gesamtheit und in Beziehung auf die Modifikabilität der geistigen Funktion in der menschlichen Natur überhaupt, und darin liegt die eigentümliche Aufgabe des nationalen Daseins."[2]) Also hat jedes Volk Charakter? — Keineswegs: denn „das Charakter-haben" ist auch bei der Gesamtheit eine höhere Stufe des Daseins, zu

---

[1]) Psych. S. 170 ff. 179 f.   [2]) ebenda S. 327 unten.

der längst nicht alle Völker, welche eine eigene Sprache reden, emporgestiegen sind; und die Mannigfaltigkeit des Charakters ist auch bei ihnen durchaus an das Vorhandensein desselben überhaupt gebunden: da, wo keine leitende Idee ist, kann die nur mittelst derselben mögliche Erfüllung der eigentümlichen Aufgabe nicht geschehen.[1])

Dadurch werden wir auf den Gedanken geführt, ob, wie bei den Einzelnen, so bei den Völkern eine Entwickelung zum Höheren, Vollkommeneren und damit zur Ausprägung und Vollendung der in ihnen ursprünglich angelegten Eigentümlichkeit statthabe. Auf diese Frage kommt Schleiermacher wiederholt im bejahenden Sinne zu sprechen. Es giebt in dem Völkerleben ebenso gut ein Aufsteigen vom Minimum zum Maximum wie in den Einzelnen. In Bezug auf die Sprache erwähnten wir schon Entwickelungsstufen, wie sie durch den zunehmenden Reichtum der Sprachen hervorgerufen werden. Ebenso wird durch Aufkeimen und Erstarken seines Charakters ein Volk auf eine höhere Stufe seines Daseins gehoben; dagegen nicht durch die Befestigung seines Temperaments, sondern dieses muss als Volksbestimmtheit immer mehr schwinden und der Freiheit der einzelnen Volksangehörigen möglichst grossen Spielraum lassen. Denn wenn in einem Volke das Nationaltemperament übermächtig ist, so finden sich in den Einzelnen sehr wenig Differenzen vor, sie werden, wie der Anblick jeder unzivilisierten Völkerschaft beweist, ganz von dem Nationaltypus beherrscht. „Je mehr dagegen die Einzelwesen sich unterscheiden und es ein Persönliches giebt neben dem Nationalen, desto mehr individuelle Entwickelung ist in einer solchen Gesamtheit und um so mehr kann die Art, wie der Einzelne sich entwickelt, die Einseitigkeit im ganzen moderieren."[2]) So hängt die Entwickelung einer Gesamtheit zur Eigentümlichkeit auf das Engste mit der Ausbildung und Vervollkommnung der eigentümlichen Einzelexistenzen zusammen.

Es mag noch darauf hingewiesen sein, dass Tempera-

---

[1]) Psych. S. 327. 328. [2]) ebenda S. 314.

ment, Charakter, überhaupt die ganze Eigentümlichkeit eines Volkes ihren vollen Ausdruck in dem von ihm gebildeten Staate finden. Denn „die Basis des Staates ist eine gemeinsame Eigentümlichkeit"[1]), nicht Usurpation oder Vertrag. Schleiermacher scheint also nur — es ist wohl wert, dies zu bemerken — nationalen Staaten Berechtigung zuzuerkennen. Unter den „Massen-Individualitäten" könnte man die Familie mit anführen, weil auch sie nach der philosophischen Ethik[2]) „eine eigentümliche Gestaltung des Seins der Vernunft in der Natur darstellt" und „eine gemeinschaftliche Eigentümlichkeit" und einen „Charakter" hat. Aber man versteht unter Familieneigentümlichkeit doch wohl etwas Anderes, als was unser Begriff besagt; die Unterschiede der Familien gelten uns nicht als ursprüngliche und „begriffsmässige." Auch Schleiermacher nennt in der Psychologie unter den „Massen-Differenzen" die Familie nicht; wir wollen sie daher nur der Vollständigkeit halber wegen jener in der philosophischen Ethik auf sie angewandten Ausdrücke erwähnt haben.

Anders verhält es sich mit der letzten noch zu besprechenden Massen-Individualität, der des Geschlechtes. Sie beruht zunächst auf organisch-physischen Unterschieden, mit denen jedoch zugleich ursprüngliche psychische nach allgemeiner Annahme auftreten. Auch Schleiermacher setzt zwischen Mann und Weib eine qualitative Differenz. Leider aber verfällt er hier wieder in den Fehler, Qualität durch Quantität beweisen zu wollen. Er kommt auf die Funktionen und deren Verhältnisse zurück, sieht keinen Grund, eine absolute quantitative Differenz in den geistigen Funktionen beider Geschlechter anzunehmen, und stellt infolge dessen die Frage so: Was ist das Hervortretende bei dem weiblichen Geschlechte? Haben wir dieses gefunden, so brauchen wir es bei dem Manne nur einfach als fehlend zu denken, und wir haben den Unterschied der beiden Geschlechter.[3]) Was ist nun das Hervorragende bei den Frauen? — Erstens: Wäh-

---
[1]) Phil. Ethik S. 275 f.
[2]) ebenda S. 257. 269.
[3]) Psych. S. 298 unten; 300 unten.

rend bei den Männern das objektive Bewusstsein, das eigentliche Erkennen, überwiegt, ist bei den Frauen die subjektive Form dieser Thätigkeit entwickelt; daher ihre Kenntnis des Individuellen, ihre richtige Auffassung des Einzelnen durch das Gefühl, die sich besonders in der Menschenkenntnis manifestiert, daher ihr Sinn und ihre Anlage für das Religiöse.[1] — Wie steht es nun in dieser Hinsicht mit den Männern? Fehlt bei ihnen diese subjektive Richtung des Bewusstseins ganz? Doch wohl nicht. Aber allerdings ist sie, wenn auch nicht ohne Ausnahme, im Vergleich zu der objektiven Richtung die untergeordnete. Insofern können wir diesen ersten von Schleiermacher aufgestellten Unterschied wohl gelten lassen.

Welches ist der zweite? — Bei den Frauen überwiegt in dem grossen öffentlichen Leben d. h. in der politischen Thätigkeit sowohl, wie in Kunst und Wissenschaft die Rezeptivität über die Produktivität. „Es hat noch keine Frau gegeben, die eine philosophische Schule gebildet oder ein neues Gebiet der Kunst zu Tage gefördert hätte."[2]

Aber, so muss man fragen, überwiegt nicht auch bei den meisten Männern die Rezeptivität über die Produktivität auf allen jenen Gebieten? So, wie Schleiermacher, kann man diesen Unterschied also wohl nicht ausdrücken, sondern man müsste sagen: die Männer sind dazu beanlagt, auf jenen Gebieten nicht bloss Rezeptives sondern auch Produktives zu leisten, die Frauen dagegen, mit wenigen Ausnahmen, nur Rezeptives. Dann hätten wir auch einen wirklichen Mangel bei dem einen Geschlechte, der den Unterschied kennzeichnete.

Für die Ursprünglichkeit des Unterschiedes zwischen den Geschlechtern spricht schliesslich noch der Umstand, dass derselbe sich nicht erst in der Zeit des jungfräulichen Alters entwickelt, sondern von früher Jugend an sich zeigt; deshalb wird eine knabenhafte Erziehung bei Mädchen und eine mädchenhafte bei Knaben immer als etwas Gemachtes und Widernatürliches angesehen.[3]

---
[1] Psych. S. 299. Vergl. aber Lotze Mikrok. II, S. 370.
[2] Psych. S. 298.   [3] ebenda S. 300 unten, 301 oben.

Schlusswort.

Die hiermit beendigte Darstellung und Beurteilung von Schleiermachers Begriff der Eigentümlichkeit mögen einige Bemerkungen allgemeiner Art abschliessen.

In Bezug auf die Disposition könnte es auffallen, dass im I. Abschnitt bei der eigentlichen Definition des Begriffes sein Umfang im allgemeinen bestimmt wird, die begründende Ausführung dagegen erst unter No. III folgt. Dies ist deshalb geschehen, weil die Lehre Schleiermachers über die Anwendung des Begriffes im engen Zusammenhange mit seiner Psychologie steht, und daher die Darstellung der letzteren der Kürze halber jener Ausführung zweckmässig vorauszuschicken war.

Die unmassgebliche Kritik, welche ich mehrfach an den Erörterungen Schleiermachers üben zu dürfen geglaubt habe, soll den Wert und die Bedeutung derselben nicht beeinträchtigen. Man nennt Schleiermacher wohl den Philosophen des eigentümlichen Bewusstseins, und in der That dürfte man in seinen Arbeiten kaum einen zweiten Begriff finden, den er mit gleicher Konsequenz immer wieder hervorgeholt, mit gleichem Interesse behandelt und mit gleichem Erfolg verwertet hätte, wie gerade den soeben dargestellten. Des Genaueren liegt in seiner Lehre von der Eigentümlichkeit ein dreifaches Verdienst:

Erstens begnügt er sich nicht damit, die Individualität „unaussprechlich" zu finden, sondern sucht ihrem Wesen durch scharfe kritische Sondierung nahe zu treten und von ihr eine feste Begriffsbestimmung zu geben; ferner stellt er eine erklärende Theorie der Eigentümlichkeit auf, indem er ihren Ursprung metaphysisch ableitet, ihre Erscheinung psychologisch begründet. Auf solche Weise schafft er erst die Möglichkeit, sie in der Wissenschaft fruchtbar zu verwerten. Von Wichtigkeit ist auch sein Begriff der „Massen-Individualität", weil er die Grundlage der Völker-Psychologie bildet. Obwohl aber diese seine Ausführungen uns den hohen Wert und die bedeutungsvolle Wichtigkeit, welche für sein Denken die Eigentümlichkeit hat, deutlich erkennen lassen, so finden wir doch zweitens, dass er den betreffenden Begriff stets in massvoller Weise handhabt, seine Bedeutung nicht überschätzt und seine Geltung an bestimmte Bedingungen knüpft. Es ist dies des näheren oben im I. Abschnitt S. 20 ausgeführt und dabei auch auf den Unterschied hingewiesen worden, der in dieser Hinsicht zwischen Schleiermachers Denken und dem seiner romantischen Freunde besteht. Beides nun, die scharfe Begriffsbestimmung der Eigentümlichkeit einerseits und die Art und Weise ihrer wissenschaftlichen Verwertung andrerseits, hat

drittens zu der grossen historischen Bedeutung zusammengewirkt, welche der Lehre Schleiermachers über die Eigentümlichkeit beizulegen ist, und die sich im besonderen auf die Entwickelung der Ethik und der Religionsphilosophie in unserem Jahrhundert erstreckt. Beide Wissenschaften haben, erstere einen mächtigen Impuls zu gesunder Weiterentwickelung, letztere sogar ihre ganze Entstehung Schleiermacher zu verdanken; in beiden aber ist es der Begriff der Eigentümlichkeit, von dem Schleiermacher entweder direkt ausgeht, oder auf dem als einem der Grundpfeiler er seine wissenschaftlichen Gebäude errichtet oder auf den er hinzielt.

Diese konkrete Verwertung des entwickelten Begriffes in den Werken Schleiermachers zum Gegenstande der Darstellung zu machen, war in vorstehender Abhandlung jedoch nicht beabsichtigt.